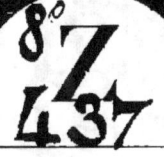
BIBLIOTHÈQUE ORIENTALE ELZÉVIRIENNE

LA
POÉSIE CHINOISE

DU XIVᵉ AU XIXᵉ SIÈCLE

EXTRAITS DES POÈTES CHINOIS

TRADUITS POUR LA PREMIÈRE FOIS

Accompagnés de notes littéraires, philologiques, historiques

ET DE

NOTICES BIOGRAPHIQUES

PAR

C. IMBAULT-HUART

Vice-Consul de France
Membre des Sociétés asiatiques de Paris et de Chang-haï, etc., etc.

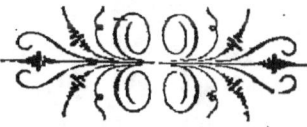

PARIS
ERNEST LEROUX, ÉDITEUR
28, RUE BONAPARTE, 28

1886

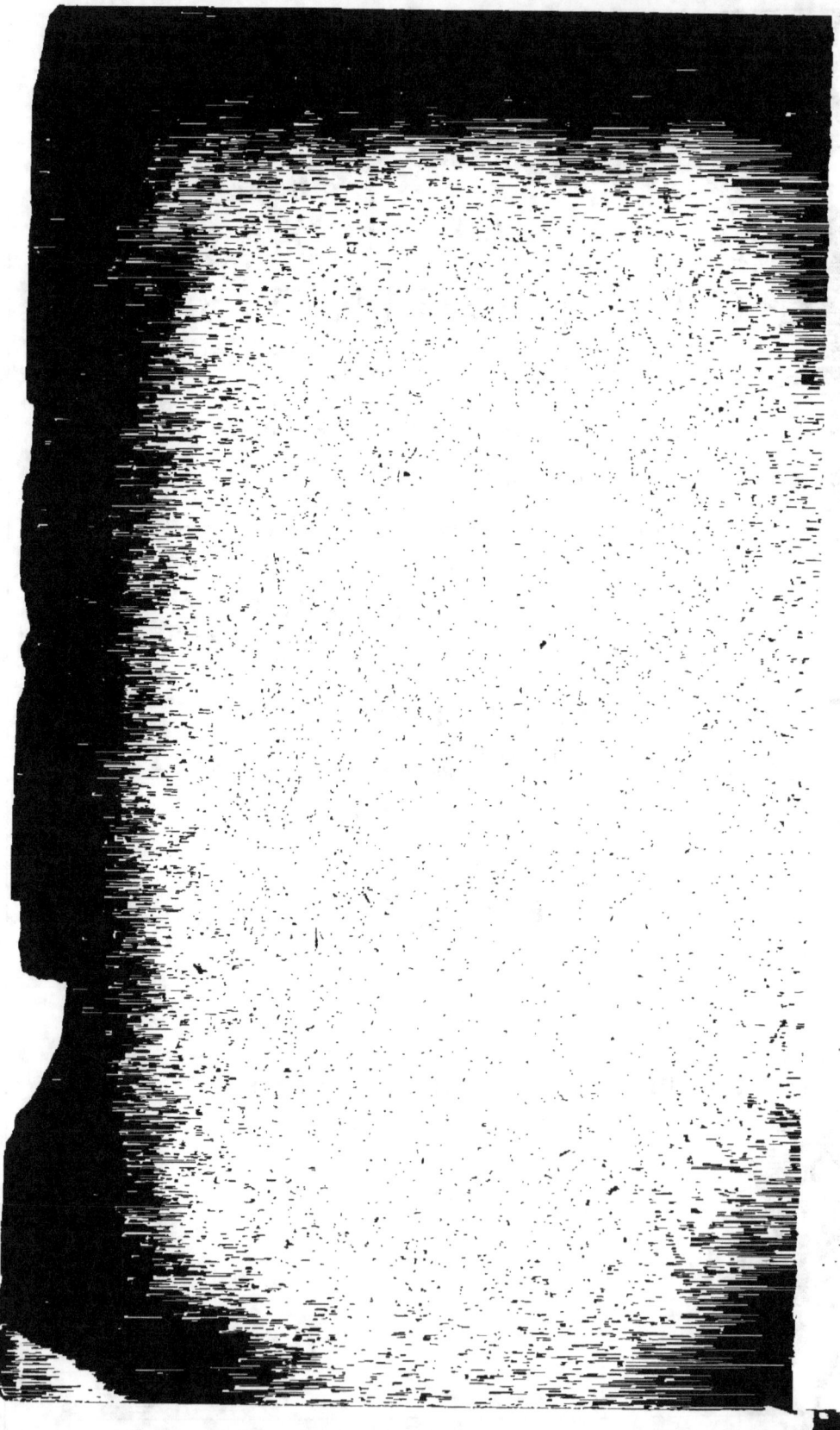

BIBLIOTHÈQUE ORIENTALE ELZÉVIRIENNE

XLVI

LA POÉSIE CHINOISE

PRINCIPAUX OUVRAGES

DE M. C. IMBAULT-HUART

Recueil de document sur l'Asie Centrale, traduits du chinois, 1 vol. in-8°, avec cartes. Paris, Ernest Leroux, 1881, (forme le tome XVI des Publications de l'Ecole des Langues Orientales vivantes de Paris),

Les Instructions familières du Dr Tchou Pô-lou, traité de morale pratique publié pour la première fois avec deux traductions françaises, etc. 1 vol. in-8°, Péking-Paris, Ernest Leroux, 1881.

Anecdotes, historiettes et bons mots en chinois parlé, publiés pour la première fois avec une traduction française et des notes explicatives. 1 vol. in-12, Péking-Paris, Ernest-Leroux. 1882.

Sous presse.

Manuel pratique de la langue chinoise parlée : *Premier volume*, comprenant : 1° les principes généraux de la langue chinoise parlée suivis d'exercices d'analyse chinoise ; 2° des phrases usuelles et des dialogues faciles ; 3° un recueil des mots les plus usités, classés par matières ; 4° une liste alphabétique des locutions françaises les plus communes ; 5° des appendices renfermant des notions pratiques utiles aux commençants.

LE PUY. — TYP. DE MARCHESSOU F. LS

LA
POÉSIE CHINOISE

DU XIVe AU XIXe SIÈCLE

EXTRAITS DES POÈTES CHINOIS

TRADUITS POUR LA PREMIÈRE FOIS

Accompagnés de notes littéraires, philologiques, historiques

ET DE

NOTICES BIOGRAPHIQUES

PAR

C. IMBAULT-HUART

Vice Consul de France
Membre des Sociétés asiatiques de Paris et de Chang-haï, etc , etc

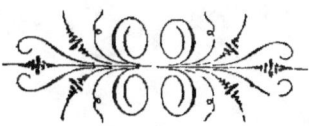

PARIS
ERNEST LEROUX, ÉDITEUR
28, RUE BONAPARTE, 28

1886

INTRODUCTION

---

*Les vers furent partout les premiers
enfants du génie.*

ETTE *parole de Voltaire est une
vérité universelle : elle peut s'appliquer aussi bien à l'Orient qu'à l'Occident, au nouveau monde qu'à l'ancien.
Dans tous les pays, l'homme a commencé
d'exprimer en vers ses sentiments et ses
pensées; chez tous les peuples, la poésie
a montré le chemin à la prose et lui a
frayé la voie. Ce fut en vers qu'Orphée, Li-*

nus et *Musée* dictèrent les premières lois, qu'*Hésiode* donna ses premières leçons d'agriculture, qu'*Homère* chanta, dans un monument aere perennius, *les combats de la Grèce contre l'Asie, les luttes de la civilisation contre la barbarie.* Ce fut également en vers que la plupart des grands moralistes de l'antiquité classique et religieuse formulèrent leurs préceptes et leurs doctrines.

En Chine, il en a été de même, car la destinée de l'esprit humain n'a jamais varié; là aussi, la poésie a précédé la prose : le plus ancien monument littéraire chinois que nous possédions est un recueil de vieilles et naïves chansons, le Che'-King ou *Livre des Odes*, compilé par *Confucius* : ce livre canonique nous ouvre une pensée sur la vie, les coutumes, les opinions et la civilisation des anciens chinois et nous éclaire singulièrement sur l'état du pays plus de dix siècles avant l'ère chrétienne, et tout ensemble, nous montre la langue chinoise à sa naissance, presque informe et diffuse dans son berceau, embryon d'où sortirent plus tard, ciselés par *Confucius* et ses disciples, les modèles de la vraie prose.

Cette préséance et cette influence de la poésie sur la prose s'expliquent aisément partout ailleurs : en Chine, elle ne laisse pas que d'étonner. L'esprit chinois est avant tout positif, pratique; il considère surtout le côté matériel de l'existence; il ne semble nullement prédisposé aux spéculations poétiques. Le propulseur de tout chinois, le mobile de ses actions, c'est l'auri vana fames : l'intérêt étouffe en lui les bons sentiments, il anéantirait son cœur même, s'il en avait un. Et cependant, chose curieuse, la poésie est innée chez le chinois : des pensées élevées et nobles, des aspirations soudaines vers le beau, le bien et le vrai, coudoient en lui des principes profondément égoïstes et intéressés. Ainsi le chinois aime la nature : il se plaît à contempler les fleurs, la neige, les nuages ; à se promener le long des ruisseaux et des rivières, à regarder l'eau couler et les poissons s'y jouer; il prend plaisir à gravir les collines pour jouir du panorama, à boire du vin à l'ombre des bambous et des saules : à écouter les oiseaux

gazouiller dans le feuillage, etc. Quelquefois, il est surpris à penser à la personne aimée et à chanter l'amour ; mais
l'amour chinois n'est jamais idéal, jamais platonique : il implique toujours la
possession de l'objet aimé. Plus rarement
encore, le chinois émet quelques vagues
idées de patriotisme, esquisses rapides
d'un sentiment qu'il ne peut comprendre
dans toute sa grandeur.

Ce rapprochement bizarre, dans le
même esprit, de principes si opposés ne
manque pas de choquer et d'étonner le
penseur : on peut se demander avec raison comment il est possible qu'il existe.
Il serait peut-être donné au phrénologiste
de trouver la solution de ce problème humain dans la conformation du crâne chinois, dans la quantité relativement peu
considérable de cervelle qu'il renferme :
Montesquieu en aurait certainemeut dé-
couvert la clef dans l'influence des climats,
toute puissante selon lui. Quant à nous,
contentons-nous de constater et de signaler
cette lutte étrange de la poésie et de la
prose dans l'esprit chinois.

L'instinct poétique que nous venons de

mettre au jour explique l'estime en laquelle la poésie a toujours été tenue en Chine. Cinq siècles avant l'ère chrétienne, Confucius recommandait celle-ci à ses disciple et s'écriait : « Elevons notre esprit par la lecture du Livre des Odes! » [1] Pour lui, la poésie était la base de la science : lui-même avait étudié les anciennes chansons avant que de songer à mouler en prose ses maximes de morale et de philosophie pratique. En Occident Platon et Cicéron ont de même commencé par faire des vers, et ne sont devenus prosateurs modèles qu'après avoir été poètes : leurs premiers essais poétiques, tout médiocres qu'ils aient été, ne leur servirent pas moins à élargir leur pensée et à former leur style.

Suivant religieusement le précepte du Maître des Maîtres, ainsi qu'ils appellent Confucius, les écrivains chinois ont de toute antiquité sacrifié aux Muses. En Chine, tout lettré a toujours été doublé

1. *Loun-yu*, Morceaux de controverse de Confucius, part. I, chap. VIII, § 8.

*d'un poète. A dire vrai, le temps a fait
justice d'uu grand nombre de ces versifi-
cations, parfois illustrés par le caprice
d'un moment ou d'une génération : mais
cependant, ceux qui ont mérité, aux yeux
des chinois, de passer à la postérité, com-
posent une légion considérable.*

*La quantité innombrable des recueils
poétiques (quelques-uns seulement ont été
admis dans la Bibliothèque de K'ien-
loung) ne manque pas d'étonner, et le si-
nologue est comme effrayé quand il voit
s'étendre devant lui le vaste champ de la
poésie chinoise : il ne sait trop quelles
limites imposer à son étude, et, surtout,
il hésite à faire un choix parmi les milliers de pièces éparses sous ses yeux.
Si, dans ce dessein, il se fie au goût des
indigènes, s'il n'aborde que les morceaux
regardés comme sublimes par les chinois,
il fera fausse route. Trop souvent, ceux-
ci ne sont appréciés que pour l'accumu-
lation plus ou moins heureuse de difficultés et de tours de force littéraires : pour
nous autres européens, il paraissent in-
sipides. Au lieu d'y trouver l'élévation
des pensées et les délicatesse des figures*

qui font le charme de toute poésie, nous
nous y heurtons à des idées ténébreuses,
mi-voilées sous un rideau de fleurs de
rhétorique difficiles à entendre. Celui qui
veut s'adonner à la poésie chinoise et la
faire connaître à ses compatriotes doit
donc s'abandonner à son propre goût, à
son propre jugement : sa tâche doit être
de butiner ici et là et de se faire son
bouquet à sa guise.

Les fleurs qu'il peut cueillir sont d'ail·
leurs des plus variées : le poète chinois aborde en effet tous les sujets; il
prend son bien où il le trouve; tous les
genres lui plaisent. Tour à tour il est
Lucrèce, Catulle, Virgile, Horace ou
Juvénal; en se jouant, il passe du sérieux
au plaisant, du grave à l'aimable, de la
franchise à l'ironie, du badinage à la
satire; rien ne l'arrête. Aussi le poète
Han Yu, de la Pléiade du T'ang, l'a-t-il
comparé à l'abeille qui recueille sur toutes les plantes le suc dont elle forme le
miel [1].

---

1. Ce passage nous remet en mémoire ce mot du poète
allemand Maentzel : « La poésie est comme le papillon
sur la fleur du monde. »

II

Pour ne pas se perdre dans le dédale des poésies chinoises, il est de toute nécessité de classer celles-ci selon un ordre quelconque; historiquement nous les diviserons en trois grandes époques : l'époque classique, l'époque de la renaissance et l'époque moderne.

A l'époque classique appartiennent le Che-King ou Livre des Odes, un des cinq canoniques; les anciens hymnes et les vieilles chansons naïves et enfantines des premiers âges. Ces monuments impérissables forment pour ainsi dire la clef de toute la poésie chinoise.

Pendant la seconde époque, que nous appellerons l'ère de la renaissance, la poésie chinoise fut à son apogée; la muse brilla dans tout son éclat. Ce fut le siècle d'Auguste en Chine : les plus célèbres poètes qui dominent cette époque, les Li T'aï-pé, les T'ou Fou, les Han yu, eu-

rent la gloire de fixer définitivement les
règles de la poésie chinoise [1] ; ils fleuri-
rent sous la dynastie des T'ang dont
tous les souverains puissants à l'exté-
rieur, tranquilles à l'intérieur, ne cessè-
rent d'encourager les arts et les belles-
lettres.

Enfin l'époque moderne embrasse un
espace de près de huit siècles, de la fin de
la dynastie des Soung (XIIe siècle) jusqu'à
nos jours. Durant ce temps nous voyons
de vrais poètes lutter contre le commencement de la décadence poétique de la
Chine, et chercher à arracher la poésie
à la vulgarité, à la fausse érudition, au
clinquant superficiel : ceux-là sont en
petit nombre, mais ils ont certes bien mérité des Muses chinoises par leur cou-
rage et leur ténacité à se débattre au
milieu de leurs contemporains. Eux encore
s'élèvent au-dessus de la tourbe actuelle
de versificateurs qui n'ont ni inspiration,
ni idée, ni imagination et qui n'ont en

1. L'illustre Yuan Tseu-ts'aï, poète et homme de lettres contemporain de K'ien-loung et de Kia-K'ing, dont
on trouvera quelques pièces dans ce volume, disait lui-
même : « le domaine de la poésie est vaste ! »

1*

vue que de faire des vers corrects pour réussir aux examens littéraires [1].

De ces trois époques, les deux premières surtout ont été étudiées par les sinologues : Ainsi le Che-King *a été traduit et commenté en différentes langues, en anglais, en latin, en français* [2]; *les poésies de l'époque des* T'ang *ont été en partie rendues en français et en allemand, etc.* [3] *la troisième a été singulièment négligé : A part l'insipide poème*

1. Yuan Tseu-ts'aï s'est souvent élevé contre la tendance de ses contemporains à se faire un marche-pied de la littérature pour parvenir aux honneurs et à la fortune : « De nos jours, s'écriait-il dans son recueil de notes et de critiques intitulé *Ché-houa Pou y*, on ne prend de leçons d'un maître que dans le dessein unique de réussir aux examens ; puis, quand on a réussi, on est comme le pêcheur qui oublie le filet après avoir pris le poisson (allusion à un passage du *Nanhoua King* de Tchouang-tseu : voir les Instructions du Dr Tchou Pô-lou, que nous avons traduites én français, p. 73) » Yuan Tseu-ts'aï avait en effet pour les Belles-lettres un amour tout désintéressé : il *travaillait pour la gloire* et n'admettait pas qu'un *sordide gain* pût être l'objet d'un écrivain.

2. En anglais par Legge, *Chinese classics* ; en latin par les PP. Lacharme et Zottoli ; en français par G. Pauthier.

3 *Les poésies de l'époque des T'ang*, par le marquis d'Hervey de Saint-Denys ; *Ueber zwei Sammlungen*, par J. H Plath. (Cf. Cordier *Bibliotheca. Sinica*, col. 828.)

descriptif de Moukden, dû au pinceau de l'empereur K'ien-loung [1], on n'a guère fait passer dans nos langues que des chansons, des romances ou morceaux populaires [2] : ces fragments et lambeaux, épars çà et là, ne peuvent permettre d'avoir une idée juste de la Muse chinoise de notre siècle. Jusqu'à cette heure, les savants semblent avoir regardé avec le mépris le plus profond la véritable poésie moderne.

Quiconque connaît tant soit peu l'histoire littéraire de la Chine s'explique facilement ce dédain. Du petit au grand, tout dans ce pays n'est qu'un pastiche de l'antiquité. Les temps anciens constituent son âge d'or : ce qui s'est fait à l'époque de Yu le Grand, de Yaô, de Choun, de Confucius, doit se faire encore aujourd'hui [3].

1. Traduit par le P. Amiot au siècle dernier.
2. Voir les ouvrages de Carter Stent et la *Chine familière et galante* de Jules Arène.
3. Qu'on nous permette de citer en passant les paroles suivantes de Bossuet au sujet de l'Égypte; elles s'appliquent aussi admirablement à la Chine : « Une coutume nouvelle y était un prodige : tout s'y faisait toujours de même, et l'exactitude qu'on y avait à garder les petites choses, maintenait les grandes. Aussi n'y eut-il jamais de

Ainsi raisonne et parle tout bon pa-
triote chinois : en industrie, en mécani-
que, en art militaire, en diplomatie,
comme en littérature, il faut s'appliquer
à imiter scrupuleusement les anciens. A
ce prix seul on peut réussir. On n'écrit
bien en chinois, avons-nous dit ailleurs [1],
que si l'on se rapproche le plus possible
du style antique, et celui qui, d'expres-
sions et d'allusions cueillies à droite et à
gauche dans les canoniques, les classi-
ques et les meilleurs ouvrages posté-
rieurs, arrive à faire une sorte de mo-
saïque dont les raccords ne sont plus
perceptibles à l'œil, celui-là fait preuve
d'une vaste érudition et est réputé un
maître dans l'art d'écrire. De même que
les prosateurs se sont toujours efforcés
et s'efforcent encore de modeler leurs
productions sur les immortels écrits de
Confucius et de ses disciples, de même les
poètes ont fait et font aujourd'hui même

peuple qui ait conservé plus longtemps ses usages et ses
lois *(Discours sur l'Histoire Universelle, Révolutions
des Empires*, Chap. II). »

 1. *Les Instructions familières du D*[r] *Tchou Pó-lou,*
préface, p. XIII.

tous leurs efforts pour imiter les vers du
Livre des Odes et de l'époque des T'ang [1].

1. Le meilleur conseil que Yuan Tseu-ts'aï croyait
pouvoir donner à ceux qui veulent faire des vers était
d'étudier les anciens : « Il n'y a personne, disait-il, qui
puisse faire des vers sans avoir étudié les anciens (*Soueï
yuan che 'houa*, livre II) », et il recommandait la lecture
assidue et intelligente des œuvres de quatre grands poètes : Li T'aï-pe, Tou Fou, Han-yu de la pléiade des T'ang,
et Sou Toun-pô, de la dynastie des Soung ; il les citait
à tout propos comme des modèles. Cependant, il ne vou-
lait pas qu'on se bornât à les imiter seulement : il dési-
rait qu'on eût en soi, comme parle Montaigne, une
« *condition aucunement singeresse et imitatrice* », une
condition intelligente et judicieuse : « Ceux qui ont étudié avec succès doivent être comme les pêcheurs qui,
après avoir pris le poisson, oublient le filet dont ils se
sont servi (*Soueï-yuan Che houa*, livre II) » c'est-à-
dire qu'une fois qu'on s'est nourri des anciens, il faut les
écarter de soi et n'employer leurs expressions que pour
émettre de nouvelles idées, en un mot pour *créer*, sans
s'astreindre à les calquer pas à pas. La même manière
de voir a été exprimée en vers par André de Chénier,
lui-même ardent disciple des anciens :

> Je lui montrerai l'art ignoré du vulgaire,
> De séparer aux yeux, en suivant leur lien,
> Tous ces métaux unis dont j'ai formé le mien...
> Tantôt chez un auteur, j'adopte une pensée,
> Mais qui revêt, chez moi, souvent entrelacée,
> Mes images, mon tour jeune et frais ornement ;
> Tantôt je ne retiens que les mots seulement :
> J'en détourne le sens, et l'art sait les contraindre
> Vers des objets nouveaux qu'ils s'étonnent de peindre.

On sait, au reste, qu'un choix des poésies des T'ang,

Dans le Che-King, nous voyons la poésie chinoise à peine éclose : sa voie n'est pas encore tracée ; elle est hésitante, étonnée ; parfois hardie, le plus souvent abandonnée. A travers les siècles qui suivirent le temps de Confucius, on en observe le développement progressif, mais lent et mesuré : déjà elle est plus sûre d'elle-même, déjà elle marche avec moins de crainte et laisse apparaître les principes d'où plus tard doivent naître les règles prosodiques. Sous la dynastie des T'ang, on la voit prendre tout à coup son essor et s'élever à une hauteur depuis inaccessible. Sans s'astreindre, en effet, à suivre pas à pas leurs devanciers, les chefs de l'Ecole poétique des T'ang entrèrent plus d'une fois dans la voie de l'innovation et surent principalement donner à leurs pensées un vivant d'expres-

ad usum Delphini, est religieusement mis entre les mains des écoliers pour leur apprendre à faire des vers, pour exercer leur mémoire et former leur goût : L'estime que la *gent lettrée* professe pour ce recueil populaire, a été formulée dans le dicton suivant :

Lisez les trois cents stances des T'ang :
Alors seulement vous pourrez faire des vers.

sion et une teinte de coloris qu'on cher-
cherait en vain ailleurs. Ils eurent le
mérite et l'honneur de fixer la poésie
d'une façon définitive, de la discipliner,
et d'en établir à jamais les règles. Li
T'aï pe, Tou Fou, et les satellites moins
brillants qui forment leur cortège, ont
eu, chez les chinois, le même sort que
Corneille, La Fontaine et Molière chez
nous : Ils sont devenus classiques ; leurs
œuvres sont restées de véritables modèles
que les « Nourrissons postérieurs des
Muses chinoises » n'ont pas cessé un seul
instant de lire et d'étudier, et n'ont jamais manqué d'imiter avec plus ou moins
de succès.

Sans aller jusqu'à prétendre d'une manière absolue que la poésie des T'ang a
été à la poésie moderne ce que la Grecque
fut à la latine, on pourrait cependant,
pour mieux faire sentir les attaches qui
lient la première à la seconde, employer
avec quelque raison la spirituelle et pit-
toresque expression que Victor Hugo
appliquait naguères à Virgile par rap-
port à Homère, et dire que l'une est pour
ainsi dire la lune de l'autre. Imiter le

*style et la facture des morceaux poéti-
que de T'ang a été un devoir sacré pour
tous les poètes qui ont fleuri depuis cette
grande époque littéraire jusqu'à nos
jours. Mais entendons-nous : l'imitation
n'est pas une; elle a des degrés : si elle a
été servile et infertile pour certains poètes sans inspiration, sans imagination,
sans talent, destinés à être emportés sans
merci, tôt ou tard, par la vague des ans,
elle a été libre et fructueuse pour un
grand nombre de génies poétiques qui ne
se sont pas attachés à la lettre des modèles et qui, sans produire un calque plus
ou moins exact, n'ont mis dans leurs vers
qu'un pâle reflet des chefs-d'œuvres de la
grande époque. Les premiers n'ont vécu
qu'un moment; l'engoûment qui avait pu
les accueillir s'est vite éteint; ils ont dis-
paru de la scène littéraire; les seconds,
au contraire, déjà célèbres de leur vivant
et dignes, en tous points de leur renommée, ont mérité des suffrages de la postérité et ont eu leurs noms inscrits au
livre d'or de la poésie chinoise. Mais,
qu'on ne l'oublie pas, l'influence des Maîtres des T'ang s'est fait sentir sur les uns*

aussi bien que sur les autres, et, si elle n'a pas toujours porté de véritables fruits, elle n'en a pas moins rayonné sur tous.

On comprend dès lors comment les savants ont été fatalement attirés vers la poésie purement classique et celle de la renaissance, et pourquoi ils en ont fait d'abord passer les principaux monuments dans les langues européennes : il fallait connaître les modèles avant que de songer à aborder les imitateurs; il était de toute nécessité de traduire Homère avant que de feuilleter Virgile. Si on désire se livrer à l'étude de la poésie chinoise, on doit, en effet, commencer par la lecture du Che-King, de Li T'aï-pe et de Tou Fou : autrement, l'on ne serait jamais sûr d'en comprendre les finesses et les allusions. La science sinologique peut donc justement remercier les savants d'avoir entrepris de faire connaître en Europe ces modèles poétiques; mais elle ne saurait manquer d'être surprise, à bon droit, qu'ils se soient arrêtés brusquement dans le chemin où ils avaient fait leurs premiers pas, et qu'ils aient pu penser que *les poètes modernes ne méritaient pas l'honneur d'être traduits.*

En effet si, chez nous, on admire les maîtres de la poésie latine du temps de César et d'Auguste, on n'en goûte pas moins les auteurs de la décadence; de même, en Chine, on vénère en classiques Tou Fou et Li T'aï-pe, on les prend comme modèle de style et d'élégance mais on ne se lasse pas toutefois de lire et de relire les jolies pièces dues aux pinceaux brillants de Sou Che ou Sou Toung-pô, de la dynastie des Soung (1036-1101) des empereurs K'ang-Hi, Young-tcheng, K'ien-loung et de Yuan Tseu-ts'aï, l'un des plus illustres écrivains de la dynastie actuelle. A notre sens, les poètes de l'époque moderne ont donc autant de droits à être connus en Europe que ceux des deux autres périodes.

Frappé du peu d'estime que l'on semble avoir eu jusqu'à présent à l'égard des modernes, nous avons entrepris de les réhabiliter aux yeux du monde savant. Déjà, dans un mémoire récent [1], nous

---

1. *Un poète chinois du* xviiie *siècle : Yuan Tseu-ts'aï,*

avons mis au jour l'œuvre importante de
Yuan Tseu-ts'aï et indiqué les traits les
plus saillants et les plus expressifs de la
physionomie littéraire et morale de ce
grand écrivain. Dans les pages qui suivent nous avons eu dessein de grouper,
comme dans un tableau, les principales figures poétiques qui ont apparu du xive au
xixe siècle et de mettre le lecteur, par des
extraits, des analyses et des appprécia-
tions de leurs œuvres, à même de juger
sainement et en connaissance de cause de
la poésie de ces six siècles.

On s'étonnera peut être de ce que la
liste de nos élus ne soit pas plus longue :
nous répondrons qu'en la composant nous
nous sommes inspirés du précepte de notre bon La Fontaine :

Loin d'épuiser une matière
On n'en doit prendre que la fleur.

Notre intention a été, en effet, d'ex-

sa vie, ses œuvres ; le résumé de ce travail a été lu devant la Société Asiatique de Changhaï le 20 octobre 1884 ;
le mémoire lui-même sera imprimé dans le journal de la
Société, année 1884.

traire le suc et la quintessence d'une vaste bibliothèque poétique et de n'admettre dans notre petit musée que des maîtres. Cette idée n'a pas cessé un seul instant de nous guider dans notre choix : mais aussi, d'un autre côté, en feuilletant une masse de volumes épars devant nous, nous nous sommes efforcé de rechercher surtout ce qui peut plaire à un esprit curieux, avide de connaître la Chine sous l'aspect poétique. Surtout nous avons voulu mettre de la variété dans ces extraits, membra disjecti poetæ : le lecteur jugera si nous avons réussi.

III

Quant à notre traduction, nous n'avons nulle mauvaise grâce à demander pour elle l'indulgence des savants sinologues de notre époque : on sait quelle peine déjà l'on éprouve à faire passer exactement en français une page écrite en allemand ou en anglais, et combien grande est celle

qu'il faut se donner lorsqu'un s'attaque
à un morceau poétique emprunté à l'une
de ces deux langues. Ces difficultés sont
doublées, que disons-nous? quadruplées,
quand il s'agit d'une langue comme le
chinois et d'une poésie telle que la poésie
chinoise. Les génies des deux langues,
aussi bien que ceux des deux peuples,
sont aux antipodes les uns des autres. La
phrase et la pensée chinoise se refusent
souvent à se laisser rendre en une forme
française : s'il ne fallait que traduire en
français les mots chinois et sous chaque
caractère placer un équivalent, la tâche
serait relativement aisée : mais il faut
viser un but plus élevé, il faut, selon
l'expression de M. Laboulaye, transpor-
ter en notre pays le génie du peuple chinois. Traduire a déjà son mérite : ce
n'est pas assez cependant de faire une
traduction suivant pas à pas le texte ; le
traducteur a une carrière beaucoup plus
vaste, nous dirions même, beaucoup plus
noble à parcourir : il doit devenir l'in-
terprète de l'auteur, et, pénétré des
idées, des sentiments du peuple auquel ce
dernier appartient, rendre, non pas seu-

lement la lettre, *mais l'esprit de son œuvre. Là est le vrai talent. Aussi donc,
pour « habiller convenablement à l'euro-
péenne » les poésies chinoises, est-il né-
cessaire d'avoir fait une étude spéciale,
attentive, méticuleuse, des idées, mœurs
et coutumes de ce peuple étrange, d'avoir
acquis une connaissance assez approfondie de son histoire, de sa morale, de sa
philosophie, d'avoir résidé dans le pays
qu'il habite en véritable observateur, et
de s'être pour ainsi dire fait chinois soi-
même* [1].

*A la frontière de ce siècle, dans le
temps que la science sinologique était
encore en enfance, l'illustre Abel Rémusat prétendait que la langue poétique des
chinois était intraduisible, souvent même*

---

1. Les difficultés de la poésie chinoise viennent, tantôt
de figures de langage empruntées aux trois règnes, ou de
comparaisons dont on ne peut saisir les rapports qu'à
l'aide d'une foule d'idées intermédiaires, et de connais-
sances spéciales, qui s'acquièrent moins dans les livres
que dans le commerce et la société des lettrés ; tantôt elles
naissent d'allusions aux superstitions, aux contes et aux
traditions populaires, aux fictions de la fable et de la my-
thologie ou aux opinions fantastiques des chinois. (Stanislas Julien, *Histoire du Cercle de Craie*, préface, p. x.)

inintelligible et il la stigmatisait du nom d'ingénieux galimatias [1]. C'était beaucoup exagérer. Sans doute, en face de quelques poésies légères intercalées dans un roman, le savant professeur (il l'a avoué lui-même) perdit son chinois. Mais il n'en fut pas de même pour son successeur et élève, le grand Stanislas Julien : Celui-ci montra victorieusement plus tard que, par une érudition acquise et un travail assidu, on pouvait arriver, en Europe, à comprendre et à traduire exactement la poésie chinoise.

En effet, grâce à la lecture et à l'étude approfondie du Livre des Odes et des poésies de l'époque de T'ang, et surtout grâce à des recherches consciencieuses et adroitement dirigées dans les nombreux recueils que les chinois ont eux-mêmes composés pour expliquer les difficultés des poètes chinois, on ne saurait manquer de résoudre les énigmes rencontrées à chaque pas. En outre, le contexte

---

1. Préface du roman *les deux Cousines* : « la poésie chinoise est véritablement intraduisible, on pourrai peut-être ajouter qu'elle est souvent inintelligible (A. Re musat, *Yu-Kiao li,* tome I, p. 63)

aide beaucoup à les déchiffrer, ainsi que
la connaissance de la vie de l'auteur, des
incidents de son existence, de l'histoire et
des mœurs du temps et enfin du génie
même du peuple chinois. Souvent, dans
des pièces excessivement ténébreuses, on
parvient à l'aide de la pratique acquise,
ou par intuition, à saisir ce que le poète
a véritablement voulu dire sous le brouil-
lard dont il a parfois enveloppé sa pensée.

Il n'entre point dans notre plan de dis-
courir longuement sur les difficultés de
la poésie chinoise et sur les moyens aux
quels on peut recourir pour en triompher :
le cadre étroit de cette introduction n'y
suffirait certainement pas. En quelques
lignes rapides nous allons nous contenter
d'effleurer le sujet, nous réservant d'y
revenir plus tard, avec tous les détails
nécessaires, dans un travail que nous
préparons.

La plus grande difficulté de la poésie
chinoise constitue en même temps l'un de
ses plus beaux ornements : c'est l'emploi
constant des Tièn-Kou ou expressions
allégoriques ou métaphoriques, allusions

à des traits d'histoire, à des usages anciens ou à des légendes ante-historiques.
On sait qu'il existe déjà dans la prose
élevée et que, dans la haute littérature,
quelquefois même dans la littérature populaire, il faut être prêt à se mesurer
avec lui. En règle générale, les écrivains
chinois ont la démangeaison de briller;
ils aiment faire parade de leur savoir
(c'est là une conséquence funeste de leur
amour pour les anciens) et se plaisent à
céler leur pensée sous un amas de fleurs
et d'épines : ils semblent n'avoir jamais
su deviner le précepte de Pascal : « Il
faut se renfermer le plus possible dans le
simple naturel. » Cet usage de Tièn-Kou,
encore pondéré chez les prosateurs, n'a
point de bornes, pour ainsi dire, chez les
poètes.

Dans la préface de sa traduction du
roman Les deux jeunes filles lettrées, Stanislas Julien s'est étendu comme à plaisir
sur ces obstacles littéraires qu'il avait
rencontrés à chaque pas [1]. Il a fait res-

---

1. Comparez la préface à sa traduction du *Cercle de
Craie*, passim.

2

sortir avec une légère pointe de satisfac-
tion la peine qu'il s'était donnée pour les
vaincre, et la gloire qu'il semblait avoir
eue à réussir dans cette lutte. A dire
vrai, et ceci soit dit sans attaquer le mérite de qui que ce soit, il n'est plus ma-
laisé, avec de la patience et du travail,
de dompter en Europe ces difficultés :
on y possède en effet sous la main des secours inappréciables qu'il serait presque
impossible à l'heure actuelle, de réunir
en Chine même : le fonds chinois de la
Bibliothèque nationale, un des plus riches
qu'il y ait au monde entier, aurait pu
rivaliser avec la fameuse bibliothèque de
l'empereur K'ien-loung : il possède quantité d'ouvrage excessivement rares que
l'on ne peut plus maintenant se procurer
en Chine, malgré les plus patientes et les
plus laborieuses recherches Sans compter
le P'eï-ouen-yun-fou, ce grand thesausus
de la langue chinoise (dont il existe au
reste à Paris plusieurs exemplaires), et
les mines inépuisables des grandes ency-
clopédies, on y trouve presque tous les
recueils d'allusions composés par les chinois pour venir en aide à l'étudiant

poète : *tels que le* Pô-meï Kou-che, *le*
Houang meï Kou-che, *le* Sin yuan Kou-
che, *etc., outils indispensables du sinolo-
gue. Il suffit de parcourir avec soin et
discernement ces ouvrages pour y décou-
vrir la clef des prétendues* énigmes *de la
poésie chinoise.*

*Stanislas Julien affirmait que cette
tâche serait réduite à néant si l'on pouvait avoir un* lettré *à côté de soi : il re-
grettait même de n'en avoir pas eu un
pour l'aider dans ses travaux. « Pour
arriver à comprendre sans peine ces*
Tien-Kou, *disait-il, il faudrait consulter
d'habiles lettrés qui*, au premier coup
d'œil, *peuvent* tout *comprendre et* tout
*expliquer, et dont le secours inapprécia-
ble fait à la fois disparaître les obstacles
littéraires et le mérite de la difficulté
vaincue* [1]. » *Si Stanislas Julien avait
connu ceux que l'on décore généralement
du nom de* lettré, *en Chine, il ne se fut
probablement pas prononcé si doctorale-
ment, il n'eut sans doute pas envié si for-
tement le sort des sinologues de Chine,*

1. Cf. Préface du *Cercle de Craie*, p. XXIX.

s'il avait pratiqué les lettrés dont il parlait. La plupart de ces gens de pinceau *que les européens peuvent prendre à leur service sont loin d'être des savants :* à une science parfois trop superficielle, ils joignent fort souvent un aplomb et une suffisance que rien ne semble arrêter ; à entendre les explications qu'ils ne manquent jamais de vous fournir, vous les prendriez pour des puits de science. La vérité est, que, pour ne pas « perdre la face », ils ont toujours une réponse prête quand vous leur demandez la solution d'un problème littéraire quelconque, et ils vous la donneront immédiatement, qu'elle soit bonne ou mauvaise, plausible ou exagérée. Si donc, vous n'êtes pas à même de diriger et de contrôler votre lettré, ou de lui prouver, pièces en mains, qu'il s'est trompé, si vous vous contentez d'écrire sous sa dictée, comme l'ont fait et le font encore malheureusement beaucoup de gens en Chine, vous serez fatalement induit en erreur. Sans doute il y a des exceptions, mais combien peu nombreuses ! un lettré vraiment savant ne reste pas sur le marché, il passe ses examens, réussit, et

s'ouvre ainsi la voie des mandarinats, et,
par suite, celle de la fortune. En général,
les Européens n'ont à leur service que les
moins lettrés des lettrés.

Outre les Tien-Kou, il faut encore
compter avec la concision naturelle du
style poétique, et avec les ellipses et les
sous entendus fréquents qui en sont la
conséquence immédiate ; l'euphonie elle-
même pour un rôle prédominant : en
prose elle est déjà assez sévère ; en poésie,
elle devient tyrannique. Le poète chinois
n'aurait garde de manquer au précepte
célèbre de Boileau : Il est un choix de
mots, etc. A tel point que les règles les
plus élémentaires de grammaire et de
syntaxe qu'on a apprises dans les livres
sont à chaque instant violées : souvent
même on se tromperait étrangement si
l'on s'avisait de les appliquer à la lettre.
Enfin la rime, aussi sévère dans ces vers
chinois que dans les vers français, ne flé-
chit pas toujours au joug de la raison,
et elle fait souvent, comme l'euphonie,
qu'un mot, qui, adverbe, devrait être
placé le quatrième dans un vers de cinq
syllabes, devant un verbe, est mis après

ce verbe, contrairement à la règle de syntaxe, pour rimer avec le vers suivant [1].

Il résulte de ces diverses difficultés qu'il y a un certain nombre de pièces, écrites en haut style poétique

> Dont les sombres pensées
> Sont d'un nuage épais toujours embarrassées,

et qui sont tellement vagues et obscures que l'on peut soi-même en tirer un sens plausible tandis que deux lettrés indigènes, pris séparément, en trouveront deux autres également acceptables, mais dis-

---

1. Ce serait une erreur de ne chercher que la pensée dans la poésie lyrique : le sentiment en est l'âme et souvent il s'exprime par l'harmonie des mots bien plus que par leur sens L'ode est une musique qui traduit directement les impressions par des sons. Souvent même, en l'absence des sentiments et de la pensée, la mélodie du langage flatte l'oreille et berce l'esprit dans une vague émotion (Demogeot, *Histoire de la littérature française*, Poésie, des Troubadours . Il en est ainsi d'un grand nombre de poésies chinoises : l'habillement européen, loin de les présenter sous un aspect plus agréable ou plus intéressant, les défigure ou les enlaidit, les rend pâles et décolorées. Pour en saisir les beautés ou les mérites, il faut être à même de les lire *facilement* dans leur langue originale.

semblables et différents du premier. Nous
avons fait nous-même cette expérience.
Disons toutefois que le cas est rare et
que, chez les poètes modernes, on ne
trouve pas beaucoup de ces pièces à dou-
ble entente. Il n'en existe aucune dans le
recueil que précède ces pages : sur un
très petit nombre de vers ou d'expressions,
les sinologues ou les savants indigènes ne
pourront peut-être pas être d'accord; ils
ne manqueraient pas sans doute de criti-
quer ou de contester quelques-unes de nos
manières de les rendre : mais ce ne se-
raient là, après tout, que des observa-
tions de détail qui ne porteraient nulle-
ment sur le morceau lui-même.

Nos traductions, ont d'ailleurs été fai-
tes avec le plus grand soin et nous avons
toujours recherché non pas seulement la
fidélité la plus absolue de l'esprit, mais
encore, autant que faire se peut, celle de
la lettre même : aussi nous sommes-nous
efforcé de rendre chaque vers chinois par
une phrase française correspondante. Ce
travail, singulièrement ardu, ne laissera
pas d'être utile aux personnes qui désire-
ront comparer la traduction à l'original.

Il ne faut pas toutefois se dissimuler que, si exact et si scrupuleux que l'on soit, on ne peut jamais reproduire les beautés du texte. Faire passer en français les poésies chinoises, c'est à peu près comme si l'on barbouillait une copie d'un tableau de Rubens ou de Raphaël. Au dernier siècle, l'on avait spirituellement comparé le commerce des traductions à un revers de tapisserie qui ne retient que les linéamens grossiers des figures finies que le beau côté représente. Nous nous estimerions heureux si l'on appliquait cette comparaison à ces pages, car ce serait au moins la meilleure preuve qu'elles peuvent donner une idée des originaux chinois.

Dans les notes qui accompagnent chaque pièce, — notes que l'on trouvera peut-être déjà trop nombreuses, — nous n'avons pas eu la pensée de faire briller une vaine érudition. Nous avons impitoyablement retranché ce qui était du ressort d'un commentaire proprement dit pour n'y laisser que ce qui était indispensable à l'intelligence de la traduction et du texte. Toutes les citations qui y ont été faites, — le plus souvent fournies par les recueils dont il a été question plus haut, — ont été collationnées et revues dans les ouvrages d'où elles parviennent. Ces notes ne sauront manquer d'être utiles, croyons-nous, non-seulement aux personnes qui voudront recourir aux originaux, mais aussi à celles qui auraient le désir de traduire d'autres poésies chinoises, en leur épargnant des recherches souvent longues et pénibles.

LA

POÉSIE CHINOISE

LÉOU KI

(1311-1375)

ORIGINAIRE de la province du Tche-
Kiang, Léon Ki se distingua de
bonne heure par son amour pour les
belles lettres : la poésie fut son premier
culte ; il s'y adonna avec ferveur. Re-

marqué à tous ses examens, qu'il passa
de la façon la plus brillante, il fut reçu
tsin-che, ou docteur ès-lettres, au déclin
de la dynastie mongole de Yuan. Lorsqu'éclata un soulèvement national contre
ces souverains tartares, Léou Ki se rangea
sous la bannière des révoltés et aida de
ses sages conseils le prétendant qui devait
fonder la dynastie chinoise des Ming et
monter sur le trône sous le nom de
Houng-vou. Les Mongols expulsés, le
nouvel empereur garda Léou Ki à la cour,
et, reconnaissant des services qu'il lui
avait rendus, le combla de charges et
d'honneurs : il lui donna le titre nobi-
liaire de comte de Tch'eng y (sincère
pensée) avec un bel apanage ; peu après,
il le nomma censeur et sous-secrétaire
d'Etat. Dans la suite, cependant, Houng-
vou, conseillé par des personnages puissants et jaloux, cessa de montrer la même
gratitude à l'égard de ses anciens com-
pagnons d'armes : on lui fit craindre,
comme à Léou Pang, le fondateur de la
dynastie des 'Han, que ceux qui l'avaient

aidé à parvenir au faîte des honneurs s'emploieraient peut-être un jour à l'en faire descendre. Il en écarta quelques-uns, en exila d'autres : plus excité encore contre Léou Ki, qui se permit de lui faire de justes remontrances, il céda aux instigations de plusieurs ennemis du poète et le fit empoisonner par le *tsaï-siang*, ou premier ministre Hou Oueï-young (1375). Ainsi finit l'un des plus célèbres adhérens des Ming, l'un des plus grands poètes de ce temps.

Le vers de Léou Ki est simple, facile, élégant ; il a des tours ingénieux et vifs, des expressions pittoresques ; rien n'y est forcé, le travail ne semble pas s'y faire sentir. Jamais surchargé de caprices bizarres de l'esprit ni de hardiesses puériles que le goût réprouve, son vers est léger et mélodieux ; il flatte l'oreille : « Il semble, a dit un critique chinois, qu'il voltige sur un souffle du zéphir. »

De son vivant, Léou Ki fut fort apprécié et s'acquit une grande renommée poétique ; les littérateurs contemporains donnèrent à ses œuvres une place d'honneur parmi les productions de l'époque. Le *Ming che tsoung*, Recueil des poésies des Ming, dont sont extraits la plupart des détails qui précèdent, a reproduit intégralement les jugements et éloges des critiques du temps et a consacré à Léou Ki et à ses essais un chapitre spécial.

———

I

LE POÈTE PENSE A SA BELLE [1]

La pluie va venir :
Le vent souffle doucement,
Écarte les branches du cannelier
Et balaye les begonia des tumuli.
Nombreuses sont les fleurs qui tombent,
Brillantes sont les feuilles qui voltigent.
Le vent soulève la buée et la poussière,
Ici et là il agite toutes choses.
Il frappe les portières de la maison [2],
Et passant sous la gaze légère
Atteint les cheveux et l'épiderme.

Je me désole de ma solitude,
Et pense à ma belle
Dont je suis séparé par le ciel bleu [3].
L'eau coule avec rapidité,
Les montagnes s'élèvent hautes :
Au milieu des nuages, les oiseaux,
Pourquoi perdent-ils leur plumage ?
Je voudrais leur faire porter des lettres,
Mais la route céleste est longue [4] ;
Vers l'Orient coule le ruisseau,
Mais on ne peut en faire revenir les ondes [5].
Les magnolias parfumés brillent encore,
Mais tombent pendant le jour et la nuit.
Je renferme la guitare de jaspe
Et mets au repos la flûte de jade :
Mon esprit est triste de sa solitude,
Et mon cœur bat violemment ;
Je contemple la lune éclatante :
Les chansons et les ballades,
Avec elles seules je me distrairai
Et allongerai cette soirée.

NOTES

1. Pièce curieuse en ce qu'elle est écrite en vers de trois
syllabes rimant de deux en deux, mais sans observatio

aucune de la mesure (*p'ing taô*) : la rime est *aó*. Voici les quatre premiers vers :

> Yu yaô laï
> Foung siaô si*aó*
> P'eï koueï tche
> Fou king t'i*aó*.

2. Dans les maisons chinoises, les portes de communication sont remplacées par des ouvertures dissimulées par des portières de bambou ou de coton chez les pauvres, de gaze ou de satin brodé chez les riches.

3. *Par le ciel bleu*, c'est-à-dire par un grand espace.

4 Le poëte voudrait que les oiseaux fussent à même de porter un billet amoureux à sa belle.

5. Si l'eau écoulée pouvait revenir à sa source, elle lui rapporterait des nouvelles de sa bien-aimée.

II

CHANSON DE LA COURTE DESTINÉE. QUATRAIN

En ce monde, l'homme arrive rarement à l'âge de cent ans;

Et quand il y arrive, quel avantage en retire-t-il? [2]

De toute antiquité, les hommes les plus éminents et les plus braves,

Ont tous été transportés sur le penchant de la colline.

1. Litt. Chanson de la goutte de rosée sur la ciboule : cette image, *goutte de rosée sur la ciboule*, signifie que la vie ne dure pas plus longtemps que la goutte de rosée tombée sur la petite feuille de cette plante.

2. Il faudra néanmoins qu'il meure.

3. Ils sont tous morts et enterrés. Suivant en cela un des préceptes de Confucius, les Chinois ont toujours choisi les penchants des montagnes et collines comme lieux de sépulture.

III

ARRIVÉE DU POÈTE, LE MATIN, AU MONASTÈRE DE SIANG-FOU [1]

J'étais monté à cheval lorsque le coq commençait
de chanter ;
J'entrai dans le monastère quand les cloches n'é-
taient pas encore au repos ;
Sur les carrés de gazon soufflait un léger zéphir ;
A l'extrémité du bois se mouvait le croissant de
la lune ;
La demeure des bonzes était propre et solitaire ;
Je l'empruntai pour dormir en attendant le jour.
Dans le sentier bordé de sapins il n'y avait pas
une âme,
Et les chants des religieux trouvaient un écho sous
les bois ombreux.

1. *Siang-fou*, charme d'heureux augure.

IV

LE CHEMIN DE LA CAPITALE [1]

—

Sur le chemin de la capitale.

Invariablement les fleurs s'épanouissent puis se
   fanent et sèchent :
En ce monde, l'homme ne goûte-t-il pas de
   même à l'amertume, à la bonne et à la mauvaise fortune ?
En quoi son existence diffère-t-elle de celle de
   l'herbe qui pousse au bord du chemin de la capitale ?
Un général célèbre [2] a-t-il fait pour la première
   fois des visites aux mandarins,
Devant sa porte, les voitures d'hôtes distingués
   se succèdent l'une après l'autre :
Un matin sa puissance périt-elle, sa gloire s'é-
   vanouit en fumée :
On n'entend plus le bruit des roues des voitures
   ni celui des sabots des chevaux ;

Mais si, l'année suivante, un décret l'investit de-
    rechef d'une charge militaire,
Comme par le passé, les voitures et les chevaux
    arriveront en foule [3].

NOTES

1. Litt. le chemin de Tch'ang-an : cette ville, aujour-
d'hui Si-an-fou, chef-lieu de la province du Chan-si, fut
capitale de l'empire sous les Han ; d'où *Tch'ang-an* est
usité en poésie dans le sens de *capitale*.

2. Litt. de la famille (ou dynastie) des Han : ce fut sous
les Han que les armées chinoises balayèrent toute l'Asie
et parvinrent victorieuses jusqu'à la mer Caspienne.

3. Litt. comme des nuages.

YANG KI

(VERS 1400)

ON possède peu de détails sur la vie de
Yang ki, surnommé Meï-yen. Le
Ming che tsoung ne lui a consacré qu'une
très courte notice : nous y lisons que ses
ancêtres, originaires de la province du
Sseu-tch'ouan, étaient venus se fixer dans
celle du Kiang-sou ; que lui-même exerça
diverses charges publiques mais eut une
fortune des plus diverses : d'abord *tche-
hien* ou magistrat de district, renvoyé,
puis scribe ou lettré dans la province du
Kiang-si, son chef fit retomber sur lui
une faute qu'il avait lui-même commise,
et fut ainsi cause qu'il perdit sa place.

3*

Peu après, cependant, il parvint à entrer au Ministère de la guerre comme secrétaire et fut envoyé comme *an-tch'a-che* ou trésorier-général, au Chan-si : malheureusement, des calomnies et des jalousies le discréditèrent. Mis en accusation sous un prétexte futile, il fut injustement condamné à l'exil avec travaux forcés, et mourut à la peine. *(Ming che tsoung*, livre IX.)

« Les poésies de Yang ki, a dit un critique chinois, ont beaucoup le goût et l'air de celles des poètes des T'ang ». Ses vers sont en effet marqués au coin de la bonne école ; ils ont la facture de ceux de Li T'aï-pô et de Tou Fou. Son style est élégant et varié ; ses pensées sont toujours vives, naturelles et délicates ; ses expressions choisies et exactes. On peut placer Yang ki à côté de Léou Ki.

I

AU MOMENT DE SE SÉPARER DE TCH'EN-CHE-MIN, SON AMI

Quand on se sépare pour ne pas aller loin, on
   songe au moment où l'on se reverra ;
Mais lorsqu'on part pour un long voyage, il est
   aisé qu'on soit accablé de chagrin.
Si quelqu'un s'en va la douleur dans l'âme,
Tous ceux qui viennent lui dire adieu ont l'air
   abattu :
Ils se regardent les uns les autres sans mot dire,
Et serrent la main du voyageur debout sur la
   grande digue :
Le sable blanc vole en légers nuages,
L'herbe rougeâtre se prélasse dans les chemins et
   les ruisseaux.
Huit ou neuf familles composées d'ouvriers en
   sel [1],
Au corps maigre et à la peau noirâtre,
Viennent saluer leur chef qui part ;
Ils se tiennent tons là [2] sans rien lui offrir [3] ;
Le bureau délaissé du mandarin est comme une
   écurie sauvage :

Les lattes en sont tombées et ont été remplacées
   par de la boue.
Au coucher du soleil, le mandarin et ses subor-
   donnés se séparent.
Tandis que le faisan pousse ses cris et ses ap-
   pels,
Je reviens m'asseoir en face de ma lampe soli-
   taire,
Entouré des jeux de mes petits garçons et de
   mes petites filles.
Bien que je me dise que mon ami va au loin,
Je me réjouis cependant qu'il n'y ait pas de guerre.
Sa charge est minime, ses fonctions faciles à
   remplir ;
Lui-même est comme un couteau dont on se ser-
   virait pour tuer un poulet [1].
En retournant la tête, je vois la cigogne sur le
   kiosque brillant ;
Au clair de la lune, la blanche rosée tombe tris-
   tement.

NOTES

1. *Ts.io 'hou*, gens des fourneaux (dans lesquels on
prépare le sel). L'ami du poète avait un petit emploi dans
la gabelle.

2. Litt. debout comme des cigognes.

3. Il est d'usage, en Chine, de faire quelques cadeaux à la personne qui part.

4. C'est une allusion à un passage du Loun-yu de Confucius : La phrase signifie qu'il est un homme de grand talent employé dans un petit poste et que, par suite, ses hautes capacités lui permettent d'en remplir facilement les devoirs.

II

EXHORTATION A BOIRE

A son ami Li ti, qui avait mal aux yeux, et à qui un médecin avait défendu de boire du vin, le poète donne le conseil de boire.

Quand on a mal aux yeux, il faut boire du vin :
Boire du vin calme la douleur légère.
Lorsque le sang s'arrête et ne coule plus,
Reposez-vous sur la force du vin pour le guérir.
C'est pourquoi, dans les ordonnances de Leï
koung [1],

Le vin est surtout employé dans la préparation
  des drogues :
Pour faire circuler le sang, il faut laver celles-ci
  dans du vin ;
Pour avoir une bonne santé [2], il faut les frotter
  avec du vin.
Puisqu'on se sert de vin pour composer les mé-
  decines,
Je ne vois pas autre chose, si ce n'est qu'il est
  bon de boire du vin.
Le vin peut mettre en ordre les veines et les ar-
  tères ;
Il peut chasser le démon qui commande à la ma-
  ladie :
Ne pas boire du vin quand on a mal aux yeux !
C'est là une erreur évidente du médecin.
Li Pô [3] aimait principalement à boire :
Je n'ai pas entendu dire qu'il ait eu mal aux
  yeux ;
Tseu hia et Kièou-ming étaient tous deux aveu-
  gles [4] :
Mais non pas parce qu'ils avaient bu trop de vin.
Du moment que boire du vin ne fait pas de mal,
Si l'on ne boit pas, que deviendront les maniè-
  res du temps ?
Dès le matin, appelez le maître de maison :
Faites-lui acheter et mettre à côté de vous plu-
  sieurs boisseaux de vin :
Bientôt vos nerfs se détendront, vous fermerez
  les yeux ;

Sur votre visage, comme au printemps, le rose
  apparaîtra ;
Avec plaisir vous oublierez tout et vous-même :
En rêve, vous verrez Confucius et Mencius.
Est-ce que ce médicament n'est pas excellent ?
Pourquoi alors interdire de boire ?
Je vous exhorte à boire, Seigneur !
Que votre détermination n'ait pas une défail-
  lance :
Si un médecin borné vous voit et vous blâme,
Priez-le de lire la chanson de Meï-yen ⁸.

NOTES

1. *Leï koung*, l'un des sages employés par le légendaire
'Houang-ti (*b*697 av. J.-C.) dans ses travaux pour le bien
de l'humanité : il s'occupa principalement de l'art de guérir et peut être considéré comme l'Esculape chinois
(Mayers, n° 449.)

2. L'expression chinoise est beaucoup plus précise, mais
elle ne peut être traduite en français.

3. Li Pô, ou Li t'aï Pô, célèbre poète de la dynastie des
T'ang : sur lequel voir D'Hervey Saint-Denys, *Poésies de
l'époque des T'ang*, et Mayers, *Chinese Manual*.

4. *Pou Chang*, surnommé Tseu-Chia, (507 av. J.-C.),
l'un des disciples de Confucius : on dit qu'il perdit la vue
à force de pleurer la mort de son fils (Mayers, n° 555) ; —

Tso Kièou ming, auteur du *Tso-tchouan*, ou commentaire
sur le *Printemps* et l'*Automne* de Confucius : on ne con-
nait presque rien de sa vie, si ce n'est que la lecture lui
fit perdre la vue Cf. Mayers, n° 714, et Legge, *Classics*,
I, p. 46)

5. Meï-yen était le nom de plume de Yang ki : les œuvres poétiques de celui-ci ont été publiées sous le titre de
Meï-yen-tsi. Collection de Meï-yen (six livres).

III

PAR UNE NUIT D'ÉTÉ

La rosée qui tombe goutte à goutte est pure
    comme l'eau en automne [1] :
Un vent léger enfante la fraîcheur de la nuit.
Au bord du lac, je vois le gazon verdoyant qui
    pousse au hasard ;
Autour de l'îlot, j'aime (regarder, les nénuphars
    rougeâtres qui embaument [2].
J'ai un frère pour qui seul sont toutes mes pen-
    sées :
Ici, qui que ce soit est pour moi un étranger.

Je m'attriste au son de la trompette [3] qui résonne
   sur les remparts,
Et deux larmes tombent sur mes vêtements.

NOTES

1. Au dire des Chinois, l'eau des rivières est plus limpide en automne qu'en aucune autre saison de l'année ;
pour donner une idée de la beauté des yeux de la personne
aimée, les poètes disent qu'ils sont comme « l'eau en automne ».

2. La traduction littérale de ces deux vers serait :
De vert, je vois le gazon des bords du lac qui pousse au
   hasard ;
De rouge, j'aime les nénuphars de l'îlot qui embaument.

3. Faute d'un mot plus exact, nous rendons *kia* par
trompette : le *kia* ou *'haó-t'oung* est un instrument dont
se servent les soldats en faction ou en patrouille ; il a un
son grave et triste : « The *Haó-t'oung* is a long cylin-
drical instrument having a sliding tube, which can be
drawn out when wanted for use. In arrangement and form
it is not unlike a telescope, but of much larger diameter.
There are two distinct varieties The first comprises instruments of different sizes mode of wood and covered on the
outside with copper ; they are exclusively used at funeral
processions, and emit only one long grave note, which is
heard at a long distance. The second variety includes ins-

truments made of copper only ; they are of a less diameter than the first and are used for military purposes. (*Chinese music,* by J. A. Van Aalst, 1884. p. 58). » On trouve dans ce livre la figure du *'haó-t'oung.*

SOUNG CHI

(15..-16..)

L ES biographes ne nous ont laissé aucun
détail sur la vie de ce poète et les bi-
bliographes sont muets à l'endroit de ses
œuvres : le *Ming che tsoung* même ne
lui a pas fait de place dans sa galerie.
Soung Chi ne semble pas avoir joui d'une
grande renommée de son vivant : on ne
possède d'ailleurs de lui, à notre connaissance, qu'un petit recueil de poésies intitulé *Ts'aô-t'ang che*, Poésies de la salle
de paille, allusion à la chaumière qui l'a-
vait vu naître et où il avait fait lui même
ses études. Les quelques renseignements
qui suivent sont glanés dans la préface

qu'il a écrite pour ses œuvres et dans celles de ses éditeurs postérieurs (toutes
réunies dans l'édition de Tao-Kouang,
1825).

D'une extraction obscure et d'une famille très pauvre, Soung Chi s'adonna de
bonne heure aux belles-lettres : ses moyens ne lui permettant pas d'avoir une
lampe pour travailler le soir, il avait accoutumé d'aller lire et étudier au clair de
la lune *(yué hia)*. Triomphant aux examens, il parvint à se faire connaître peu à
peu, et son savoir le fit choisir par l'empereur pour remplir un emploi de sous-
précepteur auprès de l'héritier présomptif
du trône. Dès lors, il vit de près la Cour,
assista à l'éclosion des premiers symptô-
mes qui annoncèrent la chute prochaine
de la dynastie chinoise des Ming, et ex-
hala dans ses vers ses regrets de sentir l'as-
servissement prochain de la Chine par un
peuple tartare. Peut-être mourut-il de
désespoir d'avoir vu son pays tombé aux
mains des Mandchoux. Les dates de sa
naissance et de sa mort sont inconnues.

Le vers de Soung Chi est classique,
mais limpide et facile : on n'y trouve rien
de diffus, rien d'obscur. Le poète a chanté,
non pour étaler une brillante érudition,
mais pour exprimer ses pensées et ses sentiments, et les rendre compréhensibles,
pour ainsi dire palpables, à ses lecteurs.
Les poésies de Soung se rapprochent un
peu de celles de Delille : on y perçoit le
même amour pour les fleuves, les bois,
les usages de la campagne; souvent elles
sont champêtres et pastorales.

I

L'EQUINOXE DU PRINTEMPS [1]

Ce matin j'ai goûté aux gâteaux du Printemps [2],
    et vu la cérémonie de la réception du Bœuf :
Tous les hauts dignitaires et mandarins, en grand
    costume de Cour,

L'air digne et majestueux, formaient un cortège
considérable :

Je les ai vus, portant sur leurs épaules le Bœuf
du Printemps,

Marcher en procession à travers la ville, puis
entrer au Palais :

Dissimulé dans. leur foule, j'ai pénétré avec eux
dans l'enceinte ;

A la porte du midi, les cérémonies usuelles ont
été faites,

Et, selon l'usage, le maire de la capitale a saisi
un bâton et frappé le bœuf.

Dès aujourd'hui les travaux des champs commen-
cent, le laboureur peine :

Mais que le paysan sache que, du fond de son
palais, l'Empereur même,

Encourage le labourage et exhorte les laboureurs
à travailler le sol [3].

Maintenant, en effet, en l'honneur du Printemps,
il donne un festin à tous les mandarins [4].

NOTES

1. La Fête du printemps et la cérémonie de la réception
du Bœuf du Printemps ont été décrites minutieusement
par les Missionnaires et tous ceux qui, après eux, ont
parlé des mœurs, usages et coutumes de la Chine : nous

ne reviendrons donc pas sur ce sujet. Nous extrayons seulement de plusieurs ouvrages chinois les détails suivants
généralement peu connus, et indispensables pour bien
comprendre la pièce qui précède :

Quelques temps avant le *li-tch'oun,* Equinoxe du Printemps, le *t'aï-che yuan* ou bureau des *pién-siéou* ou com-
pilateurs de l'Académie des Pinceaux *(Han-lin-yuan)*
adresse un mémoire à l'Empereur dans lequel il est dit que
tel jour arrive le printemps et qu'il est urgent d'ordonner à
tous les fonctionnaires de la capitale de faire un *tch'oun-*
niéou, Bœuf du Printemps et un *Kéou-mang-chén,* Génie
bouvier, en se conformant aux précédents. L'image du
bœuf et l'effigie de son gardien sont moulées en terre sur
une charpente de bois : la terre, l'eau et le bois employés
doivent être placés sous une certaine influence indiquée
par les livres de géomancie. Les dimensions du bœuf sont
singulièrement désignées : l'animal doit avoir *huit tsié* ou
fêtes (i. e. huit pieds) de haut ; quatre *ki* ou *saisons* (i. e.
quatre pieds) de largeur ; douze heures (i. e. une toise
deux pieds ou douze pieds) de long. La position de l'animal dépend de même de certaines influences : ainsi, selon
que le jour du *li-tch'oun* est *yang,* mâle, ou *yng,* femelle
(fas, nefas), la gueule en sera *ouverte* ou *fermée,* sa
queue sera tournée *à gauche* ou *à droite.* Quant au *kéou-*
mang chen, génie bouvier, appelé aussi *t'aï souei chen,*
génie de la grande année, il est placé debout, *à gauche* ou
à droite, selon que le jour est *mâle* ou *femelle.* A chaque
élément répondant une couleur, et chaque couleur *influen-*
çant un jour, il s'ensuit que sa tête, son corps, son ven-
tre, ses jambes, ont telle couleur que le jour commande.
Ceux qui accompagnent le bœuf portent deux cages *(loung)*
auxquelles, à l'aide de boue et de papier, on a donné
l'apparence de la tête du juge des Enfers. Il y en a d'autres

qui portent cinq ou six longues perches ayant à leur extrémité une *vessie* en forme de courge : quand le cortège
rencontre un bonze, on frappe immédiatement cette vessie,
et, à ce signal, le bonze doit s'écarter pour ne pas voir le
bœuf ni le génie.

Un jour avant le *li-tch'onn*, le *fou-yn* (préfet) de *Choun-
t'ien* (Péking), ses collègues et ses subordonnés, se ren-
dent, en grand costume de cour, à la rencontre du Printemps *(yng-tch'oun)*, c'est-à-dire qu'ils vont chercher le
bœuf et son gardien déposés à cet effet en dehors du
Toung-tche-meun, Porte de l'Est de Péking (ville tartare).
Là, les satellites des prétoires prennent sur leurs épaules
le bœuf et le bouvier et le cortège, accru d'une troupe de
musiciens, entre dans la ville. Arrivée devant la préfec-
ture, la procession fait halte, et les effigies sont religieusement déposées dans une cabane en nattes élevée pour la
circonstance. Le jour du *Li-tch'oun*, les magistrats des
districts viennent chercher le bœuf et son compagnon et
déposent le tout sur une table placée au milieu de la
grande place qui s'étend devant le *vou meunn* ou porte du
sud du palais (vis-à-vis le *Ts'ien-meun*, porte mixte de la
ville chinoise et de la ville tartare). Là a lieu l'offrande
aux empereurs et aux impératrices. Ensuite les préfets,
magistrats de districts, les gradués, prennent le bœuf sur
leurs épaules et entrent dans le palais. Les fonctionnaires
du ministère des Rites — ordonnateurs en quelque sorte
de la cérémonie, car ils sont chargés de veiller à ce que
tout se passe conformément aux *rites*, — marchent en
tête : viennent ensuite les ministres *(chang-chou)*, les di-
recteurs du ministère *(che-lang)*, le *fou-yn* et son adjoint.
Les eunuques se massent à la porte *Tseu-ning* pour rece-
voir le cortège ; ils font le *ko-téou* (génuflexions et pros-
ternations) devant le bœuf, puis se retirent. Alors s'avance

le *Fou-yn* qui frappe le bœuf d'un bâton « pour montrer
la pensée d'encourager les laboureurs à bien travailler,
y che tsuan noung tche y,. » L'allégorie de cette dernière
cérémonie est que les laboureurs doivent dès maintenant
frapper et faire marcher les bœufs qui traînent leurs char-
rues. Il faut que le *Fou-yn* frappe exactement *trois* coups
et que le bâton dont il se sert soit multicolore. Ensuite a
lieu un grand sacrifice auquel assistent tous les hauts
fonctionnaires de la capitale *(Tâ-ts'ing 'houeï tien*, Recueil des statuts de la dynastie des Ts'ing : celui de la
dynastie des Ming donne, à peu de chose près, les mêmes
détails, *Ti-king king Vou liô*, Abrégé de ce que l'on voit
à la capitale ; *ge hia kièou ouen*, Grande description
impériale de Péking, etc.)

2 Le jour du *li-tch'oun*, l'empereur fait don de petits
gâteaux appelés *tch'oun ping* (gâteaux du Printemps), à
tous les grands fonctionnaires de la capitale. Manger ces
gâteaux se dit *yaó tch'oun*, dévorer le Printemps à belles
dents.

3. Voir dans Pauthier, *Chine*, tome II, la description
de la cérémonie du labourage traduite du *Tâ-ts'ing 'houeï
tien*.

4. Le soir du *Li-tch'oun*, l'empereur invite tous les dignitaires à un grand festin : Chen-che-ching, poète et
homme d'Etat célèbre, a écrit à ce sujet la pièce de vers
suivante :

> Après avoir présenté nos hommages dans la demeure
>   violette impériale, de bouche en bouche circule le bruit
>   qu'un repas va avoir lieu ;
> Les gâteaux de jade et les mets de porphyre sont appor-
>   tés du palais impérial ;

4

Comme ce n'est pas un jour de jeûne, on peut accomplir le rite de boire trois tasses de vin.

Le matin de l'équinoxe du Printemps, il faut d'abord goûter aux cinq plats amers [1].

Le vent, en tourbillonnant, passe à travers les armes de guerre et réchauffe [2] les drapeaux et les étendards.

Bien que la neige fonde, les cuillères et les bâtonnets sont cependant encore froids.

Ces dix dernières années, j'ai occupé de hautes fonctions, et, oisif, je viens prendre part au festin.

Le souverain nous accordant un repas comme bienfait, il semble qu'il soit difficile de s'y rassasier.

1. *Ou sin p'an*, plat des cinq (légumes) âcres : ce plat, très bon pour la santé, dit-on, se compose de *ciboules, oignons, piment, gingembre, ail*.
2. l. e. agite, rend vivants.

II

LA MORT D'UN LORIOT

Joyeux des premiers rayons du soleil printanier, le loriot au jaune plumage,

Saute de branche en branche, et de son cri régulier effare les pies ses voisines.

Le soleil éclatant fait briller ses plumes déjà na-
turellement dorées,

Et avive la couleur de cerise de son bec pointu.

Mais l'ennemi perfide, à l'affût dans les bosquets,
caché par le feuillage,

Le guette dans sa course agile et suit de l'œil son
traître plumage [1].

Le loriot se pose sur une branche qu'il fait légè-
rement fléchir,

Il pousse son cri aigu... Hélas! c'est le dernier :

Sa chanson a décelé sa retraite; le jeune chasseur
a lancé sa flèche :

Atteint en pleine poitrine, l'oiseau culbute de
branche en branche,

Et tombe expirant sur le vert gazon, au pied de
l'arbre même :

Son œil à demi se ferme, son bec s'agite en
vain [2]... le loriot n'est plus.

1. Les plumes dorées du loriot, éclairées par le soleil, le
trahissent quand ils se croit bien protégé par les feuilles.

2. Le loriot ne peut plus émettre un son ; il est frappé à
mort. — Quel éclat, quelle vivacité dans les couleurs, et,
en même temps, quelle vérité de description dans cette petite pièce.

III

A LA FRONTIÈRE

A la frontière, les nuages jaunâtres volent avec
   rapidité [1] ;
La bise du nord souffle avec violence sur la plaine
   de sable :
Seul le Pa-ta-ling [2], couronné de créneaux,
Brave les intempéries et veille à la sûreté de la
   Chine.

Le cavalier tartare, qui galope dans la plaine,
Regarde avec effroi cette tour à l'aspect mena-
   çant;
Là, étonné, il s'arrête et cette barrière l'empêche
   d'avancer :
Gardé par un seul homme, ce passage résisterait
   à mille ennemis.

Une fois déjà, les hommes du nord n'ont pu s'en
   emparer [3];
La nature et la bravoure d'un petit nombre ont
   triomphé des Tartares :

Avec ce mur de dix mille *li*, la dynastie celeste
    n'a rien à redouter,
Elle oppose cette digue infranchissable au torrent
    des barbares [4] !

Aux portes dans lesquelles on a fondu le fer [5], le
    flot d'ennemis se heurte :
N'allez pas plus loin : si, de ce côté, vous êtes
    sain et sauf,
N'oubliez pas que, de l'autre, le tartare affamé
    galope,
De même que le vautour trace son vol circulaire
    autour de la proie convoitée.

———

NOTES

1. Allusion aux immenses tourbillons de poussière que
le *si-peï-foung*, vent du nord-ouest, amène du désert de
Gobi et jette sur toute la Chine septentrionale : les Européens qui accomplissent le pèlerinage traditionnel à la
Grande Muraille sont souvent assaillis par ces ouragans de
poussière.

2. Le poète nous place sur le *ouan-li tch'ang-tch'eng*,
grand mur de dix mille *li*, que nous appelons *la Grande
Muraille*, bâti par l'empereur Tsin Che-'houang, au
IIIe siècle de notre ère pour mettre ses Etats à l'abri des
incursions des peuples du nord : le *pa-ta-ling* est une

chaîne de hauteurs, qui termine, du côté de la Tartarie, la célèbre passe de *Nan-k'éou*, et dont la Grande Muraille suit tous les contours. Cf. à ce sujet notre article intitulé *Note sur l'Inscription bouddhique et la passe de Kiu-young-kouan, près la Grande Muraille* dans la *Revue de l'Extrême-Orient*, tome II, n° 4.

3. Allusion à l'échec éprouvé par Tchinggis-K'an ou Gengiskan, comme on ortographie à tort le nom du terrible conquérant Mongol) dans l'attaque qu'il tenta à la passe de Kiu-young-kouan, pour pénétrer en Chine. (Cf. l'article cité dans la note précédente.) Tchinggis-K'an fut obligé de prendre la position à revers.

4. La Grande Muraille ne protégea pas plus la Chine contre l'invasion tartare-mandchoue qu'elle ne l'avait défendue contre celle des hordes mongoles. On sait que c'est une dynastie tartare-mandchoue qui règne aujourd'hui en Chine.

5. Cette expression se trouve dans les Annales : voir les passages traduits dans l'article cité à la note 2. — On avait *cuirassé* ainsi les portes pour les rendre plus solides

YUAN TSEU-TS'AI

(1716-1797)

Né à Hang-tchéou, capitale de la province de Tché-kiang, sous le règne de l'illustre K'ang-hi, contemporain et rival asiatique de Louis XIV, Yuan Tseu-ts'aï se distingua de bonne heure dans l'art d'écrire, et, à l'âge de vingt-et un ans, sa profonde érudition, son style sobre et élégant le firent recommander au souverain pour passer un examen spécial auquel étaient conviés tous les savants de l'empire. Il échoua cependant à ce concours, mais l'échec qu'il subit fut dû, paraît-il, aux jalousies de quelques vieux examinateurs qui ne pouvaient pardonner

à un jeune homme imberbe d'être à même
de lutter contre des lettrés « blanchis sous
le harnois. » Yuan Tseu-ts'aï montrait
peu après qu'il avait été digne de descendre dans cette arène littéraire : en deux
ans, il passait rapidement *kiu-jen* ou li-
cencié, et *tsin-che* ou docteur (1738-1739).
Admis dans le sein de l'Académie des
Han-lin, il ne peut toutefois continuer
longtemps de collaborer aux doctes travaux de cette société, la connaissance de
la langue mandchoue lui ayant fait dé-
faut, et, en conformité des règlements
minutieux qui régissent les études chinoises, il fut envoyé dans le Kiang-nan en
qualité de *tche-hien* ou magistrat de district. Dans les divers endroits où il exerça
cette charge, et notamment à Nan-king,
l'ancienne capitale du Sud, Yuan s'acquit
un renom d'habile et intègre administrateur plein de zèle, juste et équitable, com-
patissant aux maux du peuple, il s'efforça
d'être le père de ses administrés. Signalé
à plusieurs reprises à l'empereur pour son
intelligence et son aptitudes des affaires,

il semblait appelé à parcourir une brillante carrière dans l'administration : malheureusement, une maladie due à un travail trop surchargé — car il menait de
front les études littéraires et les obliga-
tions de son poste—l'obligea pour quelque
temps à se reposer dans sa famille. A
peine remis, envoyé dans le Chan-si, il
ne put s'entendre avec ses chefs, et il se
décida pour lors à renoncer à la carrière
officielle pour ne plus s'occuper que de
poésie et de littérature.

Afin de n'être point distrait de ses études par les soucis du monde, il fut se fixer
dans un jardin qu'il avait acheté aux
portes de Nan-king, alors qu'il était l'un
des tche-hien de cette ville. Amoureux
et adorateur de la nature, il s'appliqua à
embellir ce jardin et à l'orner de tout ce
que les beaux arts chinois pouvaient lui
offrir. Ce *luogo d'incante* devint en quelque sorte une académie littéraire. Yuan y
réunissait souvent des amis et des confrè-
res pour faire des joûtes de poésie en
buvant du vin à l'ombre « des saules et

des bambous », et, comme parle Pellisson dans son *Histoire de l'Académie*, « pour goûter en commun les plaisirs de la société des esprits et de la vie raisonnable. » Plusieurs lettrés de talent fixés à Nan-king se déclarèrent ses disciples : quelques bas-bleus, abandonnant l'aiguille pour le pinceau, les imitèrent et furent admis aux séances. Yuan devint un critique poéti-que : de tous côtés on venait lui soumettre des poésies, lui demander ses opinions, ses conseils. Tout homme de lettres qui passait près de Nan-king ne manquait jamais d'aller saluer le poète et visiter son jardin. Yuan Tseu-ts'aï employa ainsi la seconde partie de sa vie à des occupations littéraires, à des discussions, critiques et causeries sur les Belles-Lettres. Il vécut jusqu'à l'âge de quatre-vingt-onze ans et mourut la deuxième année du règne de Kia-king (1797).

Yuan Tseu-ts'aï fut presque universel : tour à tour philosophe, critique, historien, biographe, poète, nouvelliste, il mériterait de plus d'être appelé le *Brillat-Savarin*

chinois. Il nous a laissé, en effet, un manuel de cuisine et de physiologie du goût,
où la cuisine est considérée comme une
science, qui n'est pas la partie la moins
curieuse de ses œuvres. Mais, de l'aveu
même des lettrés, ce fut dans le genre
poétique qu'il réussit le mieux. « La poésie, dit son biographe [1], n'avait plus de
difficultés ni de secrets pour lui ; il attei-
gnit en ce genre une hauteur à laquelle
nul n'était encore parvenu. Aussi tous,
depuis les plus hauts fonctionnaires jusqu'aux commerçants et aux colporteurs,
ne peuvent se lasser d'estimer et d'admirer
la collection de ses poésies. Sa renommée
se répandit même au delà des mers, et des
gens des îles de Liéou-kiéou vinrent à
Nan-king dans le dessein unique d'acheter
ce recueil. » La quintessence de l'admira-
tion des lettrés chinois pour l'œuvre de
Yuan Tseu-ts'aï se trouve pour ainsi dire
renfermée dans les lignes suivantes de son

1 *Li Yuan-tou*, Biographie des hommes illustres de la
dynastie actuelle.

biographe : « De tous ceux qui, depuis plus de cent ans, se sont plu à parcourir les montagnes et les forêts et qui se sont fait un nom dans les Belles-Lettres, nul ne peut lui être égalé. »

Comme La Fontaine, Yuan Tseu-ts'aï semble avoir eu peur des longs ouvrages il n'a guère produit, en effet, que des petites pièces, des miniatures poétiques, mais toutes sont finement ciselées et valent certes mieux que bien des poèmes. Doué d'une âme tendre et d'une imagination émue, il a su mettre dans ses vers de jolis traits de sentiment, de gracieuses images, une vivacité et une vérité de description qui charment et enchantent. Son vers facile coudoie la prose : pas de recherches, pas d'affectation ; Yuan, disait-on, s'applique à parler en vers. Sa Muse est *pédestre*, mais le terrain où elle marche est parsemé de fleurs Notre poète ne se charge point de détails inutiles, ni de tournures lourdes et obscures. Sans doute, il fait souvent appel aux allusions historiques ou littéraires, ou aux figures des anciens temps ; chez lui, toutefois, ce n'est pas un étalage de science : il s'assimile ces expressions des vieux auteurs, les fait entrer dans ses vers sans nulle violence, et

Tâche de rendre *sien* cet air d'antiquité.

Les écrits de Yuan Tseu-ts'aï ont été réunis à ceux d'un certain nombre de ses disciples et amis, membres de cette académie dont il était président, et ce recueil considérable (il comprend *huit t'ao* ou volumes) a été publié sous le titre de *Soueï-yuan san che tchoung*, les trente espèces d'ouvrages du jardin de Soueï [1]. L'œuvre seule de Yuan se compose de poésies, épitaphes, inscriptions, biographies, préfaces, récits, dissertations, jugements et critiques littéraires, et d'un manuel de cuisine (allusion y a été faite plus haut), d'après lequel on peut juger

1. *Soueï-yuan* jardin de Soueï, était le nom que Yuan avait donné à son parc, d'après celui de son ancien propriétaire.

5

que Yuan n'était pas seulement un litté-
rateur distingué, mais aussi un fin gour-
met [1].

1. Consulter sur ce poète et ses œuvres notre mémoire
cité plus haut, *Un poète du* xviii⁰ *siècle,* etc

———

I

PRIS DANS LES GLACES [1]

—

(Livre XX du recueil des poésies de Yuan).

Le vent du nord a soufflé et l'eau est devenue
   pierre :
On n'entend plus le bruit des vagues, et les deux
   rames sont droites (dans la glace).
Le Souverain céleste [2] décevait les hommes : je
   ne puis plus avancer :
Il a enfermé mon bateau au centre d'une région
   de cristal [3],

Dont la longue gaffe et la large hache ne peuvent entamer la dureté.

En brisant la glace on ne fait que des trous vastes et profonds [4] ;

Mille mats se dressent comme les branches d'un fagot et dix mille voix chantent,

La chanson « Ne traversez pas la rivière [5] » et ne se reposent point.

Comme je n'ai pas les boules de feu de la famille Tsiaô [6],

Et que je ne possède pas le feu des puits du pays de Chou [7],

Aller de l'avant ne m'est point possible,

Reculer n'est pas chose plus aisée [8]...

Mais j'aperçois à l'Orient une ligne rougeâtre,

Et je sais que le soleil du matin arrive à mon secours [9].

NOTES

1. La traduction complète du titre est : En passant par Tan-yang (ville du département de Tchen-kiang, province du Kiang-son), le bateau du poète est pris dans les glaces et ne peut avancer : triste, le poète compose les vers suivants.

2. Ainsi nous rendons *t'ièn-houng*, litt. seigneur du ciel.

3. Yuan s'est servi ailleurs de cette expression *choueï-tsing-yu*, région de cristal, pour désigner par métaphore des carreaux ou vitres, voir notamment, livre XX de ses poésies, la pièce intitulée *Réponse à quelqu'un qui demandait des renseignements sur le jardin de Soueï*, dans laquelle le poète décrit avec un brillant coloris son parc favori ; parlant d'un des kiosques qui s'y trouvait, il dit :

Au delà de la région de cristal, on admire la rosée et la belle nature,

c'est-à-dire que par les vitres on pouvait apercevoir le paysage environnant.

4. Litt. on fait des trous (profonds) comme un ciel inférieur, avec la hache et la gaffe : i. c. la glace est tellement dure qu'on ne peut pas la briser et qu'il n'est possible que d'y faire des trous.

5. Cette chanson date du temps des Han : on la trouve dans le *Kou t'ang che Hó-kié*, collection de poésies anciennes et du temps des T'ang, avec commentaires, par Ouang Yaô-kin, livre I, et l'ouvrage intitulé *Ló-fou tsalou*, Recueil de chansons diverses (dans l'encyclopédie *T'ang taï ts'oung-chou*, partie III, de You an-tsié des T'ang ; (elle a pour titre *K'oung-'héou yn*, sujet pour la guitare. Elle fut composée par Li-yu, femme d'un certain Tseu-Kaô, lequel raconta un jour qu'un vieillard, averti de ne pas traverser une rivière en courroux par sa femme, négligea cet avis et fut noyé, que cette dernière prit une guitare, chanta une élégie puis se jeta à l'eau. Li-yu fut tellement émue par cette histoire qu'elle en improvisa la chanson en question :

Ne traversez pas la rivière ;
Si vous voulez absolument la traverser,

Vous tomberez dans la rivière :
Et que deviendrez-vous alors ?

6. *Tsiaó kia ouan*, litt. pilules de la famille Tsiaô : allusion à un fait rapporté dans le *Hèou Han-chou*, Annales des Han postérieurs, Biographie de Tsang Houng : un certain Tsiaô 'Hô, préfet de Ts'ing-Théou, craignant que les rebelles ne profitassent de ce que la rivière était gelée pour passer sur la glace et attaquer la ville, fit faire des *chien ping ouan*, pilules pour détruire (faire fondre) la glace, et les jeta sur la glace qui fondit. Les rebelles, voyant leur but manqué, se dispersèrent. Ces boules devaient sans doute être des espèces de fougasses.

7. Le pays de Chou est la province actuelle de Sse-tch'ouan : sur les puits de feu qui y existent, voyez Pauthier, Chine, tome I, pp. 16 et suivantes.

8. Allusion à un passage du Che-King, Livre des Odes, *Kouó-foung, Regnorum Mores*, Ode 160, où il est question d'un vieux loup, *qui si vult prorsum currere, impeditur a pendula e collo carne, si retrorsum cedere, a grandi causa implicatur.* Les deux premiers caractères de deux vers de Yuan sont tirés de cette phrase du Che-king : *Lupus impingit suo paleari, nisi offendit suam caudam* (Trad. du P. Zottoli, tome III, p. 123).

9. Le soleil fera fondre la glace et délivrera la barque du poëte.

II

LA MOUSSE [1]

Là où les rayons du soleil ne parviennent jamais,
Au vert printemps, la mousse ne manque point
    d'apparaître :
Ses fleurs sont aussi petites que des grains de
    riz,
Mais néanmoins elles s'ouvrent à l'imitation des
    pivoines.

III

ASSIS AU BORD DE L'EAU AU COUCHER DU SOLEIL [2]

Tranquillement assis sur le bord du ruisseau oc-
    cidental,

1. Livre XVIII.
2. Livre XIII.

Lorsque le brillant soleil est à son déclin, la
 brise du printemps
M'apporte dans son souffle un tel mélange de
 parfums
Que je ne puis discerner de quelles fleurs ceux-ci
 proviennent.

———— ————

IV

LA FEUILLE SÈCHE

Les plantes et les arbres qui sont en ce monde,
Ont un temps marqué pour vivre et pour mourir :
La feuille sèche jette un regard de regret vers la
 haute branche [1] ;
Elle sent elle-même qu'elle n'a plus sa couleur
 primitive [2].

1. D'où elle est tombée.
2. Elle est tout à la fois honteuse et pleine de regrets
d'être desséchée et jaunie

V

DANS LA NUIT FROIDE

Dans la nuit froide, la lecture m'a fait oublier
l'heure du sommeil.

Les parfums de ma couverture dorée se sont éva-
nouis [1], le foyer ne fume plus :

Ma belle amie, contenant à peine sa colère, m'ar-
rache la lampe,

En me demandant : « Savez-vous quelle heure il
est ? [2]

---

1. Les élégants Chinois ont accoutumé d'imprégner de
parfums subtils, avant le coucher, leur lit et leurs cou-
vertures.

2. Litt. quelle veille il est ? On sait que les Chinois di-
visent la nuit en un certain nombre de veilles.

VI

LES FLEURS DU SAULE

Les fleurs du saule sont semblables aux flocons
　　de neige;
Comme eux, elles n'ont point d'intention arrêtée:
Elles ne se soucient pas de savoir où elles se re-
　　poseront;
Elles suivent seulement le vent qui les entraîne.

Comparez à cette jolie pièce le morceau du poète français Arnault :

> De ta tige détachée,
> Pauvre feuille desséchée,
> Où vas-tu ? — Je n'en sais rien :
> L'orage a brisé le chêne
> Qui seul était mon soutien.
> De son inconstante haleine ·
> Le zéphyr ou l'aquilon
> Depuis ce jour me promène
> De la montagne au vallon ;
> Je vais où le vent me mène

5*

Sans me plaindre ou m'effrayer,
Je vais où va toute chose,
Où va la feuille de rose
Et la feuille de laurier.

K'IEN-LOUNG

(1710-1799)

Fils de l'empereur Young-tcheng (1723-1735), K'ien-loung se distingua de bonne heure par un goût prononcé pour les Lettres. Succédant à son père en 1736, à l'âge de vingt-six ans, il régna jusqu'en 1796, époque à laquelle il abdiqua en faveur de son fils Kia-king, après un glorieux règne de soixante ans, tout un cycle. Il vécut encore plusieurs années et mourut le 7 février 1799 dans la quatre-vingt-neuvième année de son âge. Nous ne nous étendrons point davantage

sur la vie de ce monarque qui appartient
à l'histoire [1].

« K'ien-loung, a dit le savant Abel
Rémusat, le fondateur de la sinologie en
Europe, est certainement un des empereurs les plus illustres de l'histoire chinoise. Son long règne ajouta beaucoup de
splendeur à celle dont le règne de son
grand-père (K'ang-hi) avait déjà entouré
la dynastie des Mandchous. Il était doué
d'un caractère ferme, d'un esprit péné-
trant, d'une rare activité, d'une grande
droiture ; mais peut-être d'un génie moins
élevé et de moins de grandeur d'âme que
son aïeul. Il aimait ses peuples comme un
souverain chinois doit les aimer, c'est-à-
dire qu'il était attentif à les gouverner
avec sévérité, et qu'à tout prix il maintenait la paix et l'abondance parmi ses sujets. Six fois, dans le cours de son règne,
il visita les provinces du midi, et chaque

1. A consulter l'*Histoire* de Mailla, les *Mémoires sur
les Chinois*, les *Lettres édifiantes*, Du Halde, Pauthier,
Chine ; Rémusat, *Mélanges*, etc. Cf. pour la liste des
ouvrages, Henri Cordier, *Bibliotheca sinica*.

fois ce fut pour donner des ordres utiles,
pour faire construire des digues sur le
bord de la mer ou punir les malversa-
tions des grands, envers lesquels il se
montrait inflexible. Il régla le cours du
Hoang-ho et du Kiang : cinq fois, à l'occasion de l'anniversaire de la naissance
de sa mère ou de la sienne, il accorda la
remise générale de tous les droits qu'on
paye en argent, et trois fois il dispensa de
tous ceux qu'on acquitte en nature. On
ne compte pas les remises partielles qu'il
fit dans différentes provinces, dans des
temps de sécheresse ou dans des inonda-
tions, ni la distribution de plusieurs
milliers d'onces d'argent pour les pauvres.

« La paix qu'il sut entretenir dans
l'empire ne fut interrompue que par des
conquêtes au dehors. Les pays des Oelets,
des Hoeï-tseu, le grand et le petit Kin-
tchouan (pays des Miao-tseu), furent réunis à ses vastes États. Enfin, parmi les
événements qui ont honoré son règne, les
ambassades des Anglais et des Hollandais

peuvent être comptées, quoique les Chinois, qui regardent cet honneur comme leur étant dû, y soient moins sensibles qu'ils ne le furent à la soumission volontaire des Tourgouts.

« K'ien-loung joignit à tant de soins la culture des lettres qui avait été son unique occupation avant qu'il montât sur le trône. Il s'occupa beaucoup de perfectionner sa langue maternelle, en faisant faire des traductions des meilleurs livres chinois, dont souvent il composait lui-même les préfaces. Il fit revoir et publier de nouveau les King et les autres livres classiques en chinois et en mantchou. Il célébra les principaux événements de son règne dans des morceaux d'éloquence et de poésie, qu'il faisait ensuite graver sur la pierre. De ce nombre sont l'histoire de la conquête du royaume des Oelets, gravée sur un monument érigé en 1757 dans le pays de ces mêmes Tartares; le monument de la transmigration des Tourgouts et la pièce de vers sur la réduction des Miao-tseu. »

Voltaire a dit qu'il est bien rare qu'un homme puissant, quand il est lui-même artiste, protège sincèrement les bons artistes ; K'ien-loung fut une de ces exceptions : lettré lui-même, il donna aide, protection et encouragement à tous les lettrés de ses vastes États ; il les instruisait d'exemples et leur montrait la voie ! il n'y a peut-être pas eu au monde de souverain dont le pinceau eût été plus fécond. Amoureux des Belles-Lettres en général, il s'adonna toutefois particulièrement à la poésie : on connaît l'Épitre de Voltaire à son adresse, qui commence par les vers :

Reçois mes compliments, charmant roi de la Chine :
Ton trône est donc placé sur la double colline !

K'ien-loung a laissé à la postérité une collection de poésies sous le titre de *Yu-tche che,* en quatre parties, qui ne renferme pas moins de *trente-quatre mille pièces* [1]. Les deux morceaux dont nous

1. Sur les œuvres de K'ien-loung, cf. Wylie, *Notes on Chinese literature,* pp. 189-190.

donnons la traduction sont tirés de la
collection *Lô-chan-t'ang ts'uan tsi*, Recueil complet des poésies de la Salle de la
Joie et de la Vertu (livres XIX et XXII)
et furent composées par le poète-souve-
rain, alors qu'il était héritier présomptif
du trône.

Le style de K'ien-loung est élégant et
varié ; ses pensées sont naturelles et délicates ; ses expressions, choisies et exactes.
K'ien-loung excelle surtout dans l'art de
peindre, de décrire ; il a deviné le précepte d'Horace : *Ut pictura, poesis erit.*
Écoutons-le, quand il décrit dans des vers
gracieux et légers l'art d'infuser et de boire
le thé, cette boisson si chère aux Chinois :
« ... En même temps mettre sur un feu
modéré un vase à trois pieds, dont la couleur et la forme indiquent de longs services ; le remplir d'une eau limpide de neige
fondue ; faire chauffer cette eau jusqu'au
degré qui suffit pour blanchir le poisson
et faire rougir le crabe ; la verser aussitôt
dans une tasse faite de terre de *yué* (Can-
ton), sur de tendres feuilles de thé choisi ;

l'y laisser en repos jusqu'à ce que les va-
peurs qui s'élèvent d'abord en abondance,
forment des nuages épáis, puis viennent
à s'affaiblir peu à peu, et ne sont plus enfin que quelques brouillards sur la su-
perficie ; alors humer sans précipitation
cette liqueur délicieuse, c'est travailler
efficacement à écarter les cinq sujets d'inquiétudes qui viennent ordinairement
nous assaillir. On peut goûter, on peut
sentir ; mais on ne saurait exprimer cette
douce tranquillité dont on est redevable
envers une boisson ainsi préparée. » Ne
voit-on pas, sous cette traduction peut-
être un peu décolorée d'un missionnaire
(le P. Amiot), un tableau frais et récent
orné des fleurs d'une poésie fine et ca-
dencée ?

I

SUR UNE PENDULE [1]

Du pays de Fou-sang [2] le soleil surgit et rougit
    les confins de la mer ;

Du pays de Ta-ts'in [3], un vent favorable pousse
    l'Océan occidental.

Ces contrées sont plus ou moins éloignées, mais
    toutes offrent pareillement tribut [4].

Oh ! les sages instructions du Souverain se sont
    répandues dans le monde entier.

Et tous les peuples accourent, par terre et par
    mer [5], rendre hommage à l'Empereur.

Ils ont offert un objet extraordinaire, une pen-
    dule :

Des roues de cuivre et des fils de fer y forment
    plusieurs rangées :

Les ressorts et les rouleaux se meuvent et tour-
    nent à l'intérieur.

Au moment voulu, l'heure sonne [6], et le son
    tinte gentiment.

La clepsydre, il n'y a plus lieu de tirer profit de
    son utilité :

Rien ne peut en effet égaler cette machine ingé-
    nieuse : on dirait l'œuvre du démon !
Tch'oueï et Pan feraient en vain tous leurs efforts
    sans pouvoir l'imiter [7].
Etrange! cette machine n'a ni commencement ni
    fin (ne s'arrête jamais [8]) :
Pendant toute l'année, elle traverse les jours et
    les nuits, le printemps et l'hiver :
Placée sur une petite table, elle l'emporte sur les
    cloches d'or (d'autrefois [9]).
Au soir, elle annonce le coucher du soleil; au
    matin, le lever de cet astre [10] :
Les précieux sages et les précieux objets, ai-je
    entendu dire, quoique de nature différente,
Viennent tous rendre hommage et peuvent ainsi
    imiter le respect du monde [11].
En étudiant les heures, on est à même de faire
    des règlements pour les travaux des champs :
L'utilité qu'on peut retirer de cette pendule n'a
    pas de limite.

———

NOTES

1. Les Chinois, tout industrieux qu'ils soient, n'ont pas
inventé les pendules : nous lisons dans un ouvrage intitulé *Poung tch'ouang Siu lou*, Mélanges supplémentaires
de Foung Che-K'ô : « Le *taó-jen* (religieux) étranger, Li

Mâ-téou (le P. Mathieu Ricci), fit une *cloche qui sonnait (chantait)* d'elle-même *(tseu-ming-tchoung*, nom resté aux pendules et horlorges) : elle ressemblait à une petite boîte à parfum. Un jour y était divisé en douze heures et la pendule sonnait douze fois » (ce passage est également cité dans le recueil *T'oung-sou-pien*, livre XXVI). Ce furent donc les Jésuites qui introduisirent les pendules en Chine, sous la dynastie des Ming. Ces objets furent d'abord fort rares et fort recherchés : on les offrait en cadeaux aux souverains, aux grands de la Cour. La liste des cadeaux envoyés par Louis XIV à l'empereur K'ang-hi contient l'énumération de plusieurs pendules. K'ien-loung, alors prince héritier présomptif, composa sans doute cette pièce de vers à la vue d'une de ces pendules.

2. De nombreux sinologues ont exercé leur sagacité sur ce pays : les uns l'ont identifié avec l'Amérique, les autres avec le Japon : *ad huc sub judice*. . (Cf. Cordier, *Bibliotheca sinica*, pour la liste des mémoires et brochures publiées à l'occasion de cette controverse).

3 L'identification du pays de Ta-ts'in a de même été l'objet des études et des recherches d'un grand nombre d'orientalistes : Visdelou, de Guignes, Pauthier, le Dr Bretschneider ont écrit sur ce sujet. Jusqu'à ces derniers temps, on avait prétendu que le Tâ-ts'in était l'empire romain ou l'Italie avec Rome pour capitale, tandis que *Fou-lin*, qui est donné comme le nom du même pays au moyen-âge, était l'empire de Constantinople. Le Dr Hirth, notre savant collègue, à la Société asiatique de Changhaï, a récemment lu devant la Société (4 avril 1884), un mémoire dans lequel il a montré que le *Tâ-ts'in* était la Syrie et que *Fou-lin* n'était point Constantinople, mais encore la Syrie (l'ancienne prononciation de ces deux caractères chinois étant *Bat-lim* (Bethlehem).

4. On sait qu'au point de vue chinois, il n'y a qu'un empire au monde, celui de la Chine : tous les autres États sont, de droit, tributaires de celui-ci (Cf la Chine pendant le conflit russo-chinois, pp. 14-15, dans la Revue britannique, 1881). Par suite, tous les ambassadeurs européens envoyés à la cour de Péking ont toujours été considérés dans l'histoire chinoise comme des « porteurs de tribut » et les cadeaux offerts par les souverains d'Europe au Fils du Ciel, comme des objets présentés « en tribut ». Entre autres, l'ambassade de Macartney est ainsi mentionnée dans le *Ta-ts'ing 'houeï-tièn* ou Recueil des statuts de la dynastie des Ts'ing : « En 1793, l'Angleterre envoya aussi un ambassadeur apporter un tribut (Cf. G. Pauthier, Chine moderne, pp. 209 et suivantes).

5. Nous traduisons ainsi *t'i 'hang chan 'hai*, qui est une transposition euphonique pour *t'i chan 'hang haï*, escalader les montagnes (avec des échelles) et traverser les mers en bateau (voyager par terre et par mer). Voir le *P'eï-ouen yun-fou*, pour l'expression *t'i chan*, livre XV ; pour *'hang . 'haï*, livre XL.

6. Litt. *ti-hiang*, la goutte d'eau fait du bruit : métaphore empruntée à l'usage de la clepsydre que les Chinois ont inventée et dont ils se sont servis de temps immémorial. Différents noms sont donnés en chinois à la clepsydre : les plus communs sont *léou 'hou*, vase qui fait eau, dont l'eau s'écoule (on dit aussi, par abréviation *léou* tout seul) ; *Sié-hou*, vase suspendu (nom qui se trouve dans le vers suivant). D'après le *Soueï-tche*, Histoire de la dynastie des Soueï, la clepsydre fut inventée par l'empereur mythologique 'Houang-ti, « pour diviser les jours et les nuits ». Nous lisons dans le *Tchéou-li*, Rites des Tchéou, qu'un fonctionnaire appelé *Sié-'hou-che* avait pour charge spéciale de régler les clepsydres ; le *Soung-tche*, His-

toire des Soung, mentionne plusieurs espèces de clepsydre.

Le *Ta-ts'ing 'houeï tien*, livre 86, Observatoire, donne la figure d'un de ces instruments : il se compose de trois vases rectangulaires, plus étroits à la base qu'au sommet, disposés en escalier, c'est-à-dire l'un au-dessus de l'autre, sur les marches d'un chassis en bois ; chacun ayant une « bouche de dragon », sorte de pertuis ou robinet donnant juste au-dessus du vase qui est sur la marche inférieure. L'eau est versée dans le récipient supérieur, s'écoule graduellement dans le second, puis dans le troisième : au-dessous du troisième vase, posé sur le sol, se trouve un vase tubulaire fermé, coiffé d'une figurine assise qui tient dans ses mains une tablette ou « flèche ». L'extrémité de cette tablette, qui est mobile et a du jeu, repose sur un petit bateau flottant sur l'eau à l'intérieur du vase. A mesure que l'eau monte, le bateau monte également et pousse lentement la tablette disposée entre les mains de la figurine : les caractères cycliques employés pour marquer les heures y sont gravés à des distances calculées, de telle sorte que les mains de la figurine les indiquent successivement et au moment voulu. Arrivée à une certaine hauteur, l'eau s'écoule dans une cavité creusée dans le sol par une « bouche de dragon » : l'eau s'écoulant, le bateau retombe au fond et par suite la tablette disparaît d'entre les mains de la figurine. Un jour est écoulé. Il faut alors reverser de l'eau dans le récipient supérieur de l'appareil et ainsi de suite.

7. Litt. Tch'oueï et Pan sueraient (sang et eau) qu'il leur serait difficile (i. e. impossible) de suivre ces traces. Tch'oueï fut ministre des Travaux publics au temps de l'empereur Choun (Voir Mayers, *Chinese Readers Manual*, n° 119 ; Legge, *Classics*, III, p. 45). — Pan ou Lou Pan, Pan du pays de Lou, qui avait pour surnom Koung-chou-

tseu, fameux mécanicien de l'Etat de Lou, qu'on dit avoir été contemporain de Confucius (Cf. Meng-tseu, dans Legge, *Classics*, II, p. 461 et Mayers, *loco citato*, n° 430). Lou Pan est devenu le patron des menuisiers et des maçons : des temples ont été élevés en son honneur.

8. Figure poétique : le jeune prince devait en effet savoir qu'il fallait remonter les pendules et les horloges.

9. Ces cloches servaient jadis à marquer le temps

10. Le texte dit : le matin, à l'est du mont Yu (il apparaît) : les Chinois disent que le soleil se lève derrière le mont *Yu* ou *Yu-y* que certains ont identifié avec l'île Yesso, d'autres avec le promontoire de Chan-toung ou avec la Corée (Dict. Wells Williams, p. 1119).

11. Sous-entendu *pour le fils du Ciel* La venue des ambassades et l'envoi des cadeaux sont les preuves évidentes que tous les pays de l'univers reconnaissent pour leur suzerain naturel le souverain « à face de dragon ».

II

CAPTURE D'UN TERRIBLE TIGRE

Sur les monts de l'est, il n'y a point de tigres :
    aussi les traces d'animaux y sont-elles nombreuses ;

Sur les monts de l'ouest [1], il y a des tigres : aussi
   les traces d'animaux y sont-elles rares.

En plein jour, le tigre circule autour des bois et
   les oiseaux sont pleins d'effroi :

Il a l'air féroce : il est suivi de trois petits tigres,
   ses enfants.

Le vent d'automne souffle violemment sur le pla-
   teau inculte,

Et, poussé par la faim, loin d'être rassasié, le tigre
   s'enfonce dans la montagne :

Un jeune cerf est bientôt pris et dévoré à belles
   dents [2],

Tandis que le vieux cerf s'enfuit au loin sans oser
   crier.

Le chasseur [3], souriant, pince entre ses doigts la
   flèche posée sur le fil de fer :

Il n'atteint point les reins du tigre, mais seulement sa tête [4].

Hélas ! les trois petits tigres ont aussi été pris
   vivants.

Ils arrivent tous à la Ménagerie Impériale, on les
   place dans la fosse réservées aux tigres :

Au matin, lorsqu'on ouvre un instant la porte en
   fer de sa prison,

Le tigre, d'un reniflement, glace tout le monde de
   peur :

Mais il demande la vie et baisse humblement la
   tête vers l'homme :

Cet air majestueux d'autrefois, où donc est-il
   maintenant ?

NOTES

1. Il s'agit des montagnes qui sont à l'est et à l'ouest de Péking : les *si-chan* ou Monts de l'ouest, appelés *collines* par les Européens sont ornés de jolis et nombreux temples dans lesquels les résidents de la capitale ont coutume d'aller passer l'été.

2. *Litt.* offre (au tigre) une grande bouchée *Koung ta tsiaó.*

3. *Litt. tsiang-kiun*, titre donné anx maréchaux tartares.

4. On veut prendre le tigre pour le mettre dans les « réserves impériales » ; aussi ne le vise-t-on pas aux reins, blessure dangereuse et souvent mortelle, mais seulement à la tête Le « jardin des Plantes » de Péking est le parc de *Haï-tien* où se trouvent réunis des animaux de toute espèce, mais où les européens ne peuvent pénétrer.

TSENG KOUO-FAN

(1811-1872)

TSENG Kouô-fan, dont le nom a été mêlé à la tragédie de T'ien-tsin en 1870 et qui eut pour fils Tseng Tsi-tsô, ministre de Chine à Londres, naquit à Siang-hiang, district du département de Tchang-cha (Hou-nan), le 26 novembre 1811 [1] : Aîné de six frères, il fit toutes ses études dans sa famille et s'appliqua de bonne heure à la culture des lettres. Bachelier à vingt-trois ans, docteur à vingt-huit, il fut reçu peu après membre de

1. Mayers dans son *Chinese reader's Manual*, n° 738, a dit par erreur que Tseng était né en 1807.

l'Académie des Han-lin et sut se distin-
guer dans les divers emplois qu'il y occupa. En 1843, il fut chargé par l'empereur Taô-kouang d'aller au Sse-tch'ouan
en qualité de premier examinateur. Au
retour de cette mission il entra au *Neï-kô*
ou conseil privé comme secrétaire, puis,
cinq ans plus tard comme membre. En
1849 il devint vice-président de gauche
ou deuxième directeur du ministère de
l'intérieur *(Li pou)*, puis de ceux des travaux publics, de la guerre, de la justice,
des fonctionnaires : ce déplacement con-
tinuel l'obligea à un travail incessant ;
« il n'avait pas un moment à lui : quand
il quittait son bureau pour aller chez lui
prendre ses repas, il avait un livre à la
main tout le long du chemin. » A plusieurs reprises, et notamment lorsqu'en
1851 (première année du règne de Chien-
foung) les rebelles du Kouang-si com-
mencèrent à causer de vives inquiétudes
au gouvernement central, il adressa à
l'empereur des rapports et des mémoires
qui furent fort remarqués. Sur ces entre-

faites, il fut désigné pour aller présider
aux examens du Kiang-si, et, la session
finie, il obtint d'aller passer quelque
temps parmi les siens : il arriva dans sa
famille au moment même où sa mère venait de mourir.

En ce temps, les rebelles faisaient des
progrès considérables : maîtres du Kiang-
si, ils entrèrent dans le Hou-nan et vinrent attaquer Tch'ang-cha-fou, capitale
de cette province. A la nouvelle de leur
venue, le père de Tseng, doyen de son
village, forma un petit corps de volontaires, puis, ralliant autour de lui les
habitants de plusieurs autres bourgs et
villages parvint à faire lever le siège de
Tch'ang-cha. Tseng lui-même reçut peu
après l'ordre impérial de coopérer à l'or-
ganisation des volontaires dans son pays
natal (1852).

Dès lors, Tseng Kouô-fan lutta déses-
pérément contre les *Hommes à grands
cheveux*, ainsi qu'on appelait ces rebelles[1] :

1. Ceux-ci déclaraient que leur but était de rétablir la

il devint en quelque sorte le chef de
l'armée de l'ordre contre le parti de la
révolution. Ses lieutenants étaient le célèbre Li Houng-tchang, aujourd'hui vice-
roi du Tche-li, alors simple Taô-taï, le
terrible Tsô Tsoung-t'ang naguère vice-
roi de Nan-King ; les trois frères de Tseng,
Tchen-Kan, Kouô tsuan (l'actuel vice-
roi des Deux Kiang) et Kouô-'houeï, qui
tomba sous les balles rebelles dans un
engagement au Hou-pé en 1858, l'aidè-
rent de leurs bras et de leurs conseils
et mirent ses vastes plans à exécution.
Successivement gouverneur du Hou-pé
ad interim, puis gérant de la vice-royauté
des Deux Kiang (1858), commissaire impérial et vice-roi de Nanking l'année suivante, enfin généralissime pour les provinces du Kiang-sou, du An 'houeï, du
Kiang si et du Tche-Kiang (1862), Tseng
fut conduit par sa fortune sous les murs
de Nanking depuis plus de dix ans au

dynastie chinoise des Ming et, pour l'affirmer davantage,
laissaient pousser tous leurs cheveux à la mode des
Ming.

póuvoir des rebelles : il confia le siège de
cette place, le quartier général de l'insur-
rection, à son frère Kouô tsuan. Après
deux ans de siège, Nanking tomba aux
mains des Impériaux (1864). Tseng Kouô-
fan se vit alors nommé *'héou* ou *marquis* et décoré de la plume de paon à deux
yeux.

En 1867, Tseng passa de la vice-royauté
des Deux Kiang à celle non moins importante du Tche-li, et trois ans après, il eut
à traiter l'affaire du massacre de Tien-tsin
(juin 1870). Par décret spécial, l'empereur
Toung-tche le loua de la manière dont il
sut prévenir de plus grandes catastrophes
et rétablir l'entente entre la France et la
Chine. Tseng Kouô-fan fut pour lors à
l'apogée de sa carrière : reçu en audiences
particulières par l'empereur et les impératrices, il eut l'insigne honneur, envié
de tous les hauts dignitaires, d'être invité
à aller, selon l'usage tartare, manger du
porc dans le palais K'oun-ning-Koung,
et, à l'occasion de sa soixantième année,
l'empereur lui fit don d'une pancarte

ornée de l'inscription suivante : *Siun Kaô, tchou che.* Votre bravoure s'est distinguée et vous êtes le pilier de l'État. Un nouveau décret l'appela derechef à la vice-royauté de Nan-King : ce fut son dernier poste. En février 1872, il sentit les premières atteintes d'une maladie de foie qui l'emporta un mois plus tard. Il expira le 12 mars 1872, entre les bras de son fils Tsi-tsô, plus connu en Europe sous le nom de marquis Tseng.

Tseng Kouô-fan a certainement été l'une des plus grandes figures de la Chine contemporaine : Tseng eut la gloire de mettre à bas la plus effroyable révolution des temps modernes, et de sauver ainsi la dynastie tartare d'une chute imminente. Sans doute son nom, qui n'a été rattaché qu'à la sanglante tragédie de Tien-tsin, est moins connu en Europe que celui de son ancien lieutenant Li Houng-tchang mis en relief par les événements diplomatiques, mais, dans les Annales chinoises, le vainqueur de la rebellion T'aï-p'ing aura une place plus marquée et plus brillante que le négociateur habituel du cabinet de Péking.

Tseng Kouô-fan n'a pas seulement été un administrateur habile, un diplomate astucieux, un guerrier patriote, un capitaine heureux, mais aussi un *lettré* dans toute l'acception du mot, et un charmant poète. En Chine d'ailleurs, où les belles-lettres ouvrent à deux battants la porte de la carrière officielle et, par suite, celle de la fortune, tout homme d'État est nécessairement homme de lettres. Imitant les empereurs K'ang-hi et K'ien-loung, qui savaient manier l'épée aussi bien que le pinceau, Tseng employait ses rares loisirs, entre deux batailles, au milieu des soucis du commandement, à étudier les historiens, les moralistes, les poètes, à faire tomber de son pinceau une page de haute littérature ou une pièce de poésie. Outre une volumineuse correspondance officielle, publiée il y a quelques années, il a laissé un recueil de morceaux poétiques où perce un esprit profond et sagace,

saturé de souvenirs classiques et amoureux de l'antiquité [1].

[1]. Les détails biographiques qui précèdent sont extraits
des trois ouvrages suivants : *Tseng Ouen-tcheng nien
p'ou*, Vie de Tseng, (12 livres) par Li Chou tchang (1877);
Tseng ouen-tcheng Koung tá che ki, récits des grandes
actions de Tseng, par Ouang-Ting an ; ouvrage revu par
Tseng Kouô tsuan et Li Houng-tchang (1876); *Tseng
ouen-tcheng Koung-che liŏ*. Abrégé des faits et gestes de
Tseng, par les mêmes (4 livres), 1876, Péking.

I

SUR SON TRENTE-TROISIÈME JOUR DE NAISSANCE

(*Fragment* [1].)

Plus de trente années se sont écoulées aussi rapidement que tourne une voiture.

Toute ma vie, j'ai erré çà et là; j'ai été jusqu'aux
confins de la terre [2];

De loin je regarde la maison paternelle [3], mais
mille montagnes m'en séparent.

Les feuilles jaunies annoncent que le temps passe,
et déjà ma barbe fleurit [4].

Mes excursions d'antan n'ont pas laissé de traces
plus durables que celles restées sur le sable;

Les études d'un lettré peu intelligent (comme
moi) n'ont que la consistance d'une boule de
neige [5].

Parcourir les montagnes célèbres, entrer dans les
arènes littéraires, occuper une chaire de professeur, ce n'est point mon partage [6].

Je voudrais aller apprendre à planter des courges
à côté du Ts'ing-meun [7].

NOTES

1. Livre II du recueil des poésies de Tseng, *Tseng ouen-tcheng Koung che tch'aó*, publié par Tchang 'Houa-li et Yang Chou-chen, 4 livres (1876).

2. Image un peu prétentieuse : le poëte veut dire qu'il avait beaucoup voyagé en Chine ; pour tout bon Chinois, en effet, la Chine est le monde, les autres pays ne comptent point ; aussi est-elle appelée par les indigènes *t'ien hia*, le dessous du ciel. Tseng n'a jamais franchi les limites du sol chinois.

3. Litt. *pó yun*, les nuages blancs (qui sont à l'horizon et sous lesquels l'imagination du poète place la maison paternelle : cette expression a d'ailleurs plusieurs sens ; dans les poésies de l'époque des T'ang, on la voit souvent appliquée aux choses du monde aussi peu durables que les nuages sont stables

4. i. e j'avance en âge. On sait que les Chinois n'ont de barbe que fort tard, de trente à quarante ans : cet ornement indique donc l'âge mûr. Aussi les Chinois ne manquent-ils jamais de se tromper quand ils veulent dire l'âge des Européens d'après la moustache ou la barbe que ceux-ci possèdent d'ordinaire fort jeunes.

5. Une boule de neige qu'on essaye en effet de former, sur une table par exemple, avec la main, s'écroule aussitôt qu'on retire la main

6. Nous traduisons par *chaire* le *si* ou natte sur laquelle le professeur s'asseoit.

7. Ce vers est une allusion à un certain Chaó P'ing, de

l'époque des Ts'in : originaire de Kouan-ling, ce person-
nage occupa des charges élevées et mérita d'être investi
Toung ling 'héou, marquis de Toung-ling. A la chute des
Ts'in, il rentra dans la vie privée et s'en fut planter des
courges à l'est de Tch'ang-an, (capitale d'alors, la Si an-
fou de nos jours). Ces courges, fort belles, étaient de
cinq couleurs différentes : on les appelait *Toung-ling-
koua*, courges de Toung-ling [1], et *Ts'ing-meun-koua*,
courges de Ts'ing-meun (la porte de l'est de Tch'ang-an
était nommée *Ts'ing-meun*) [2]. — *Tchoung-koua*, planter
des courges, est donc resté le synonime exact de notre expression « planter ses choux. »

Tseng-kouô-fan était alors dans les bureaux des minis-
tères, à Péking, accablé par un travail exclusif et incessant : il aurait voulu quitter honneurs et charges et re-
tourner à son hameau natal. La deuxième strophe de la
pièce dont ce morceau est extrait se termine par ces deux
vers

A quelle époque reprendrai-je mes beaux vêtements
d'autrefois,
Et retournerai-je pêcher à la ligne le poisson au cou
étroit sur le bord de la rivière Tcheng [3].

1. Plusieurs villes du Kiang-sou et du An-houeï ont
porté, au temps des Han, le nom de Toung-ling (Cf. Play-
fer, *Cities of China, subvoce*).
2. Dictionnaire biographique *Chang-yéou-lou*.
3. Située à dix *li* de la demeure paternelle de Tseng.
(d'après une note de Tseng).

II

L'ORGUEILLEUX SERVITEUR

Ne voyez-vous pas que le vieux domestique de
    Siaô était comme une poule de la maison [1].

Pendant dix années il fut roué de coups, et il ne
    voulut point cependant quitter son maître !

Ne voyez-vous pas que Tchâ [2], devenu, par sa
    bravoure et ses richesses, le premier dans le
    pays de Chou,

Faisait courber devant lui, d'un signe, mille ou
    cent personnes ?

Comment se fait-il qu'à cette heure il n'en soit
    pas de même avec moi ?

C'est que je n'ai point de savoir et pas d'argent
    sous la main.

Toute ma vie je m'étais promis d'avoir beaucoup
    de détermination ;

Qui aurait pensé qu'un orgueilleux serviteur osât
    trouver à redire en moi ?

Hier, pour un mot, un différend a éclaté entre
    nous [3]:

Avec arrogance, il a voulu discuter en ma pré-
    sence [4];

L'orgueilleux domestique a médi de moi en di-
sant que je n'étais ni un saint ni un sage :

A mon tour, je lui ai répliqué qu'il me manquait
de respect.

Secouant alors ses vêtements, d'un bond il a pris
son vol :

C'est malheureux, car les os d'un orgueilleux
pourraient servir d'étai au ciel bleu..... 5

Fi donc ! Orgueilleux esclave ! Comment trouve-
ras-tu un bon vent pour te conduire dans une
maison puissante et riche ? 6

A mon sens, tu ferais bien, dans ce dessein, de
te hâter de changer tes os et d'acquérir cent
qualités !

———

NOTES

1. Siaô Yng-che, surnommé Maô-t'ing, des Tang, litté-
rateur précoce et distingué (à l'âge de quatre ans il composait déjà), mais d'un caractère sévère et difficile, qui, pendant dix ans, roua de coups un domestique à son service
nommé Tou Léang : il le frappait chaque fois de plus de
cent coups. Comme on conseillait à Tou Léang de quitter
cette maison, il répondit : « Ce n'est pas que je ne puisse
trouver une autre place, mais ce qui fait que j'ai tant tardé
et suis resté ici, c'est que j'aime et admire surtout l'érudition et l'originalité de mon maître » (*P'eï-ouen yun-fou* et

Dictionnaire *Chang yéou lou*, livre VII. — On frappe les poules, elles s'envolent un peu plus loin, mais elles reviennent toujours à la basse-cour.

2. Les ancêtres de Tchô (ou Tchô-che) étaient originaires du pays de Tchaô et s'étaient enrichis par l'art de fondre le fer. Lorsque les Ts'in s'emparèrent de ce territoire, ils en transportèrent ailleurs la population : Tchô ne voulut pas aller à l'endroit qu'on lui avait assigné, mais demanda une résidence plus lointaine et plus vaste Il obtint Lin-Kioung (dans le Sseu-tch'ouan) : il fut satisfait de cet emplacement, trouva du fer dans les montagnes et se remit à fondre. Il arriva à dominer toute la population du *Tien* (Yun-nan) et du Chou (Sseu-tch'ouan); il devint riche et posséda jusqu'à *mille* esclaves : il était comme le prince de la contrée (*Che-Ki*, Mémoires historiques de Sseu-mâ Ts'ien, Biographie 69 ; livre 129).

3. *Litt.* t'ien ti K'oueï (avoir un différend) comme le ciel et la terre sont en opposition. C'est une allusion à la célèbre théorie des *Koua* ; l'expression est tirée de l'Y-King (cf. trad. Zottoli, vol. III, p. 557, à la note, n° 38). Les commentaires chinois sont des plus verbeux sur ce passage (Y-King, livre VIII).

4. L'expression *pó-tsi*, se disputer avec quelqu'un, ne se trouve pas expliquée dans le dictionnaire de Wels Williams : elle vient de Tchouang-tseu, *Nan-'houa-King*, *Ouaï-von*, livre VII. — Cf. trad. Balfour, p 336 : « if wives and mothers in law all live together in the same room, they are sure to arise quarelling and bickering ». — Le passage de Tchouang-tseu est cité dans le *K'ang-hi tseu-tièn,* sub *tri.*

5. i. e. sont très solides : Tseng aurait voulu en éprouver la solidité par des coups de bâton bien appliqués.

6. *Litt.* tchou meun tsuan-yaó-li, un endroit riche et

puissant : *tchou-meun*, porte de cinabre, désigne métapho-
riquement des gens riches, les portes des palais et maisons
de grande mine étant peintes en rouge.

III

IMPROVISÉ APRÈS UN EMMÉNAGEMENT

Les anciens locataires ont semé ces plantes grim-
   pantes que leurs successeurs admirent;
Mon âge n'atteint pas encore la moitié de celui
   de ces plantes;
Les anciens locataires ont planté ces bambous qui
   forment maintenant une grande forêt;
Leur ombre vacillante, reflétée par la lune sur la
   fenêtre, purifie mon cœur [1] :
Il y a là encore des girofliers et des pommiers
   sauvages [2],
Et, sur le perron, ici et là, des pivoines innom-
   brables :
Mais, à cause du givre et de la bise, les arbres et
   les plantes n'offrent que des branches dessé-
   chées;

L'éclat du printemps est encore tardif : on ne le
verra que l'année prochaine.

Qu'ai-je besoin, dans ma solitude, de penser à la
magnificence des fleurs,

Alors que le vent âpre de l'automne se ligue avec
la nature !

De tout temps le corps humain n'a eu qu'une
existence éphémère [3] :

L'homme possède ce qui appartient à son sem-
blable [4], mais pour un temps bien court.

Déjà la glace et le givre me pressent de faire ren-
trer presque tous les objets :

Je fais balayer une chambre et mettre en ordre
mes affaires.

Dans peu de temps les fleurs s'ouvriront et le
printemps se montrera de nouveau.

A ma table canée, j'inviterai alors des gens paisi-
bles et bien élevés :

Nous lirons ensemble et nourrirons notre esprit
pour nous amuser ;

Et chaque jour je pourrai faire venir mon ami
Meï Tseu-tchen [5].

NOTES

1. i. e. la vue des arbres agités par le vent soulage mon cœur, m'ôte tous mes soucis et me distrait.

2. Le *Haï-t'ang*, d'après Wells Williams (dictionnaire), sorte de pommier sauvage, genre *lyrus* et *Cratægus* (sub *voce t'ang*).

3. Litt. le corps est comme un *soulier déchaussé*, i. e. comme un objet qui ne dure que peu de temps et qu'on ôte dès qu'il est usé.

4. Litt. *jen tó' jen Koung*, l'homme trouve (possède) l'arc d'un autre homme : allusion au Kia-yu de Confucius ; voici le passage : « Un homme du pays de Tch'ou perdit « l'arc du croassement du corbeau (*vou-haô Koung* », — c'est-à-dire son arc. — Les *tsó-yéou* ou familiers du roi prièrent le Souverain de faire rechercher cet arc : « L'arc qu'a perdu l'homme de Tch'ou, répondit le roi, sera trouvé par un homme de Tch'ou : qu'est-il besoin de le recher-cher ? (i. e. il a été perdu dans le pays, il sera retrouvé par un concitoyen). Le *P'eï-onen yun-fou*, livre 1, explique, d'après un ancien livre, le sens du nom donné aux arcs du pays de Tch'ou : « les branches de l'arbre *che* (chêne sau-vage) sont longues et solides : les corbeaux s'y réunis-sent : quand ils s'envolent, les branches se relèvent et les frappent : alors les corbeaux croassent. D'où le nom. » On faisait les bois d'arc, dans le pays de Tch'ou, avec les branches du *che*.

5. Un des amis intimes de Tseng.

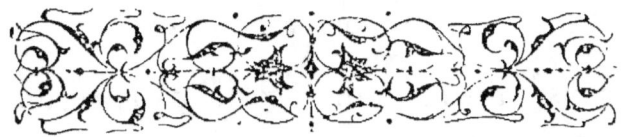

ÉLÉGIE ALLÉGORIQUE

(1884)

L<small>A</small> pièce par laquelle nous terminons ce recueil a été inspirée par le conflit franco-chinois et les événements qui viennent de se dérouler dans l'Extrême-Orient. Elle est due à un certain Sseu-mâ Tsin-t'ang, surnommé Yuan-héou, originaire de Lan-tchéou-fou de la province du Koueï-tchéou, et occupant, assure-t-on, un grade élevé dans l'administration chinoise. Écrite dans le style poétique appelé *kou-foung,* ancienne manière, elle peut donner une idée de la haute poésie contemporaine. Son auteur l'a fait précéder d'un court avant-propos que nous traduisons, ainsi qu'une sorte d'*approbation*, imprimée à la fin du cahier, donnée par le patriotique Tsô Tsong-t'ang connu en Europe par ses campagnes dans le Turkestan chinois et appelé tout récemment à organiser la défense du Fou kien.

L'allégorie renfermée dans cette élégie saute pour ainsi dire aux yeux : les Français, comparés aux busards, viennent troubler l'Empire des oiseaux ; un vengeur, figuré sous les traits d'un pipeur d'oiseaux, met fin à leurs succès, rétablit la paix et la puissance impériale, et fait fuir au loin les busards et les hibous, et toute leur race avide.

Le titre de l'élégie est *tsièou-jan yn likaô*, chants lamentables, écrits en caractères anciens nommés *li*. Les vers sont composés de sept syllabes ou pieds, sauf les trois derniers qui ont dix, onze et dix pieds.

AVANT-PROPOS

———

Tous les barbares [1] savent pertinem-
ment que l'Annam est vassal de la Chine :
les Français seuls ont prétendu l'ignorer
et se sont emparés de ce pays sans rime ni
raison. Ceux qui ont du cœur ne peuvent
manquer d'en gémir et de chanter leurs
plaintes. Je ne suis doué que d'un savoir
inférieur et d'une expérience superficielle, et je ne connais point l'art de faire
des vers. Bien que de hauts personnages
aient déjà approuvé mes vers, je n'ose pas
dire qu'ils sont dignes d'être publiés.
Toutefois, qu'est-ce qui empêche de demander aux gens intelligents de me faire
l'honneur de les chanter ? Je serais heureux s'ils le faisaient.

ÉLÉGIE

Le busard est noir et ses ailes courtes sont (solides) comme le fer ;

Il n'a d'autre occupation que de battre tous les
autres oiseaux ;

Parfois, il chante bien et ses ondulations coulent
comme les sons du 'Houang [2] :

Quand les oiseaux l'entendent, ils sont saisis de
crainte [3].

Dans mon jardin où les bambous et les ou-
t'oung [4] entremêlent leurs branches,

Les oiseaux font résonner leurs gazouillements
et se répondent l'un à l'autre.

Il y a là des siun-fang [5], des grives, des milans,

Les paroles du grand perroquet et les accents du
coucou ressemblent aux sons de la pierre sonore.

Au matin, comme les pêcheurs, ces oiseaux appellent les gens et les font lever ;

Au soir, comme des guerriers, ils entonnent un
chant de victoire.

Toutes les nuits, il y a des sons mélodieux qui
parviennent jusqu'au bord de l'oreiller.

Durant tout le jour, ils reposent : quelle en est
la cause ?

On voit deux busards dans un nid sis sur un ou-
t'oung élevé ;

Les extrémités des branches étagées forment comme un vase (pour le contenir).

Tandis que la femelle couve les œufs, le mâle chante à plaisir :

Celui-ci fait lever de crainte les oiseaux des bois qui s'écartent au plus vite,

Mais il attire aussi le jeune garçon qui, armé d'un bâton, brise les œufs du nid.

Le plomb et les balles sifflent : le mâle et la femelle se dispersent,

Et s'enfuient tout droit, furieux contre l'importun :

Ils disparaissent dans la buée de l'horizon sans tarder un instant.

A minuit, tout à coup effrayé, en rêve j'écris ces vers :

Je sais que tous les oiseaux annoncent qu'ils reviendront.

Il y a des gens qui, comme Tchéou Chuan, réunissent (autour d'eux) les oies sauvages ;

Il y en a qui, comme Tçi Koung, expulsent les tigres et les rhinocéros.

Ne voyez-vous pas que la tranquillité va renaître, la puissance impériale refleurir ?

Que les *ou-t'oung* élevés et les bambous touffus attirent le phénix 6 ?

Tous les oiseaux suivront le phénix : ils descendront (des cieux) en voltigeant,

Et la race des hiboux n'osera plus jamais créer des troubles.

8

APPROBATION

DE TSO TSOUNG-T'ANG

Le lettré a exhalé sa colère dans un moment plein de difficultés : en lisant cette élégie, j'ai vu qu'il avait parlé par métaphores et que le pinceau qu'il serrait entre ses doigts était comme une lance. Il s'est exprimé avec des détails précis; il n'est pas un homme ordinaire et lui-même le sait (Sseu-mâ) Ouen-koung [7] a dit : « Ceux qui exercent des charges doivent avoir du cœur, mais ce n'est que lorsqu'ils se servent du pinceau qu'on sait l'esprit dont ils sont animés. » Partout on connaîtra cette colère exubérante (du poète). Qu'est-il besoin d'attendre que je la vante moi-même?

NOTES

1. L'auteur se sert ici du caractère *y*; étrangers, mais *étrangers* dans le sens de *barbares*, *sauvages*, pour désigner tous les pays autres que la Chine. On ne saurait guère y trouver à redire : les Grecs classiques n'avaient-ils pas le même orgueil ?

2. Le *'Houang* est une espèce de flute de bambou. M. J. A. Van Aalst a omis de citer cet instrument dans son intéressant travail sur la musique chinoise, *Chinese music*, publié par les soins de l'Inspectorat Général des douanes chinoises.

3. Litt. *Kan lan lié*, leur foie et leur vésicule du fiel se déchirent.

4. Le *ou-t'oung* est le *Eleococca verrucosa*.

5. Nous n'avons pu identifier ce nom d'oiseau.

6. On traduit généralement *foung-'houang* par phénix : mais *foung* seul désigne un oiseau mâle à tête de faisan, à bec d'hirondelle, à coup de tortue et au corps de dragon, qui est l'objet d'un grand nombre de légendes et de contes de fées; au dire des auteurs chinois, l'apparition de cet oiseau est l'annonce de bons souverains ou de rois vertueux; le *foung* se montre également dans les temps de paix et de félicité. Le *'houang* est la femelle du *foung*, mais la réunion de ces deux noms est la désignation générique de cet oiseau fabuleux (Cf. Mayers, *Manual*, n° 134).

7. Sseu-mâ, canonisé Ouen-koung, est le célèbre historien et homme d'État Sseu-mâ Kouang qui fleurit sous la dynastie des Soung (1009-1086 de notre ère). Cf. Mayers, n° 656.

TABLE DES MATIÈRES

———

Soung Chi (15..-16..)

Yuan Tseu-ts'aï (1716-1797)

K'ien-loung (1710-1799)

Tseng Kouô-fan (1811-1872)

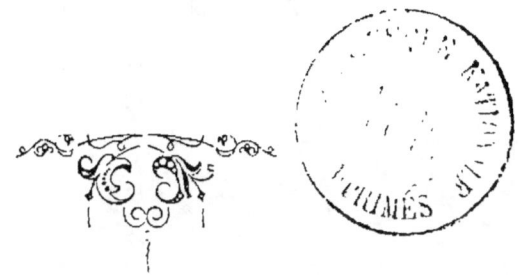

Le Puy. — Imprimerie de Marchessou fils.

27 Pa. 29

BIBLIOTHÈQUE ORIENTALE ELZÉVÉRIENNE

I. — *Les Religieuses bouddhistes*, depuis Sakya Mouni jusqu'à nos jours, par MARY SUMMER. 1 vol. in-18..... 2 fr. 50

II. — *Histoire du Bouddha Sakya Mouni*, depuis sa naissance jusqu'à sa mort, par MARY SUMMER. 1 vol. in-18............. 5 fr.

III. — *Les Stances érotiques*, morales et religieuses de Bhartrihari, traduites du sanscrit par P. REGNAUD. In-18............. 2 fr. 50

IV. — *La Palestine inconnue*, par CLERMONT-GANNEAU. 2 fr. 50

V. — *Les plaisanteries de Nasr-Eddin-Hodja*. Traduit du turc par J.-A. DECOURDEMANCHE. 1 vol. in-18.................... 2 fr. 50

VI-IX. — *Le Chariot de terre cuite* (Mricchakatika), drame sanscrit. Traduit en français, par P. REGNAUD. 4 volumes in-18..... 10 fr.

X. — *Iter persicum* ou description du voyage en Perse entrepris en 1602 par Etienne Kakasch de Zalonkemeny, ambassadeur de Rodolphe II, près de Chah Abbas. Traduction publiée par CH. SCHEFER. In-18 avec portrait et carte............................ 5 fr.

XI. — *Le Chevalier Jean*, conte magyar, par Alexandre Petœfi, traduit par A. DOZON, consul de France. In-18.......... 2 fr. 50

XII. — *La poésie en Perse*. par BARBIER DE MEYNARD.... 2 fr. 50

XIII. — *Voyage de Guillaume de Rubrouck en Orient*, publié par DE BACKER. In-18................................. 5 fr.

XIV. — *Malavika et Agnimitra*, drame sanscrit, traduit par PH. ED. FOUCAUX In-18................................. 2 fr. 50

XV. — *L'islamisme*, son institution, son état présent, son avenir, par le docteur PERRON. In-18............................ 2 fr. 50

XVI. — *La Piété filiale en Chine*, par P. DABRY DE THIERSANT. In-18, avec 25 grav. d'après le originaux chinois.......... 5 fr.

XVII. — *Contes et légendes de l'Inde ancienne*, par MARY SUMMER, avec introd. par PH. ED. FOUCAUX. In-18................ 2 fr. 50

XVIII. — *Galatée*, drame grec, de BASILIADIS, publié, traduit et annoté par D'ESTOURNELLES DE CONSTANT. In-18........... 5 fr.

XIX. — *Théâtre Persan*, traduit par A. Chodzko. In-18. .. 5 fr.

XX. — *Mille et un Proverbes turcs*, recueillis, traduits, et mis en ordre par J.-A. DECOURDEMANCHE. In-18.............. 2 fr. 50

XXI. — *Le Dhammapada*, traduit par F. Hû, suivi du *Sûtra en 4 articles*. par LÉON FEER. In-18........................ 5 fr.

XXII. — *Légendes et traditions historiques de l'archipel indien*, par L. MARCEL DEVIC. In-18......................... 2 fr. 50

XXIII. — *La puissance paternelle en Chine*, étude de droit chinois, par F. SCHERZER, interprète-chancelier. In-18............ 2 fr. 50

XXIV. — *Les Héroïnes de Kâlidâsa et les Héroïnes de Shakespeare*, par MARY SUMMER. In-18......................... 2 fr. 50

XXV. — *Le Livre des femmes*, traduit du turc, par J.-A. DECOURDEMANCHE. In-18.................................. 2 fr. 50

XXVI. — *Vikramorvaci*. Ourvâci donnée pour prix de l'héroïsme, drame sanscrit, trad. et annoté par PH. ED. FOUCAUX. In-18. 2 fr. 50

XXVII. — *Nâgânanda. La Joie des Serpents*, drame bouddhique, traduit et annoté par A. BERGAIGNE. In-18............. 2 fr. 50

XXVIII. — *La Bibliothèque du palais de Ninive*, par J. MÉNANT. In-18.. 2 fr. 50

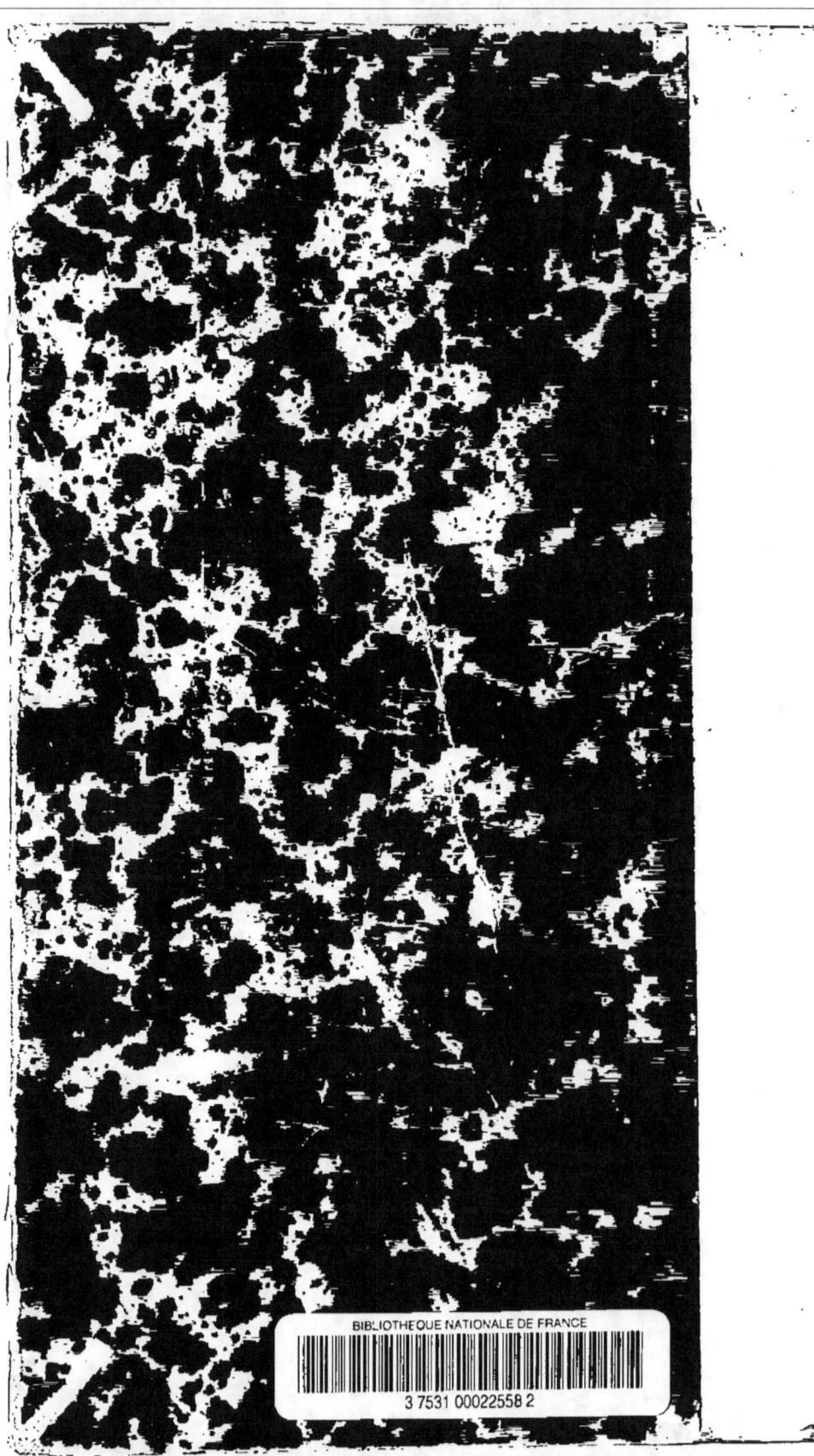

www.ingramcontent.com/pod-product-compliance
Lightning Source LLC
Chambersburg PA
CBHW070801280626
47162CB00016B/1589